Les Grands Espaces

DE LA MÊME AUTRICE

AUX ÉDITIONS ALTO
La Femme de Valence, Alto, 2018
paru sous le titre *Valencia Palace*, Le Nouvel Attila, 2020.

AUX ÉDITIONS DRUIDE
L'Occupation des jours, Éditions Druide, 2015.

rreault

nds Espaces

ISBN 978-2-35087-851-5

Éditions Héloïse d'Ormesson
92 avenue de France, 75013 Paris
www.editions-heloisedormesson.com

NORD

« … j'ai visualisé les parcours innombrables
à la surface de la terre, ce maillage choral déployé
sur tous les continents, instaurant des identités
comme des flux, et un rapport au monde conçu
non plus en termes de possession mais en termes
de mouvement, de déplacement, de trajectoire,
autrement dit en termes d'expérience. »

Maylis de Kerangal,
À ce stade de la nuit

L'Ours

« Je vais traverser ce lac. »

Ce sont les derniers mots que me crie Anna cette nuit-là. Alors que je ne sais toujours pas d'où vient cette femme exactement, comment elle s'est retrouvée ici, au milieu de la Russie, elle disparaît dans le noir, le froid, l'étendue à peine visible d'un lac aux glaces aussi imprévisibles que mon cœur.

Lac

Dans la région, certains disent que je suis vivant : une entité avec ses désirs et sa part d'ombre, ses colères et son indulgence, ses états d'âme. La femme qui avance et enfonce ses pieds dans ma couverture de neige sait à qui elle se mesure. Si elle n'entend pas encore clairement ce qu'elle est venue chercher ici, elle perçoit le murmure de mes eaux, les craquements de mes glaces comme une vibration dans l'atmosphère, s'infusant en elle jusqu'aux nerfs.

Nous allons faire connaissance.

L'Ours

Anna apparaît comme une disparition dans le grand blanc d'un hiver où je n'attends plus rien.

Je dis blanc, mais en fait, l'œil est ébloui par des lacérations de rose et de bleu délavés, de l'orangé clinquant au crépuscule, des zones de gris qui donnent à la surface des allures de métal en feuille. Ça dépend des jours, de l'heure, de l'état du ciel et des glaces. On imagine le lac Baïkal lisse et égal, une vraie patinoire. Mais non, ça explose de texture partout. Des crêtes de croûte dure, des amoncellements de glace brisée et de neige chassée au gré du vent, des fissures comme des balafres forment de loin en loin un relief. Ça scintille, ça aveugle, ça blesse la rétine si on ne pense pas à se protéger.

Des filaments poudreux glissent à la surface, du frou-frou fantomatique dispersé par les rafales. Je pense chaque fois à des robes de mariée en décomposition, avec leurs traînes de dentelle déchirées comme des bouts de papier passés à la déchiqueteuse, qui s'éparpillent sur l'œil bleu de la Sibérie.

Je donne un coup de volant, le pick-up s'engage dans une route mal déneigée. Trop fatigué, je suis trop fatigué, je rumine cette plainte depuis une heure. Sur le bas-côté, je coupe le moteur. J'appuie mon front sur le volant de mon vieux UAZ.

La blancheur éblouissante me pourchasse, apparaît par flashes quand je ferme les yeux : des feux s'allument sous la neige. Comme si c'était désormais mon seul horizon. Je presse mes paupières. Mes mains empestent le lave-glace et le diesel à travers la laine mouillée de mes grosses mitaines lâches. J'appuie plus fort, jusqu'à sentir le contour de mes globes oculaires sous l'épaisseur feutrée de la doublure. À la surface de l'œil, les phosphènes persistent. J'emporte partout avec moi la trace lumineuse d'un paysage que j'ai hâte de retrouver.

C'est souvent à regret que je m'éloigne du lac pour aller faire des courses en ville. Ici, les gens m'appellent le Grizzly, c'est mon surnom depuis que je me suis établi dans le coin il y a un an.

Encore une heure de route devant moi. Je bois une gorgée de café. Le métal du Thermos est à peine tiède. Long soupir. J'envisage de sortir aspirer une bouffée d'air frais, mais finalement je redémarre le pick-up et roule jusqu'au lac.

Le visage caché dans la capuche de sa parka, elle fonce dans les bourrasques au moment où je klaxonne. Elle ne s'arrête pas. Je freine, me penche pour ouvrir côté passager et crie à pleins poumons dans sa direction, avec autant d'aplomb que si je gueulais après un animal en fuite pour refréner son échappée.

Elle n'entend peut-être pas avec le blizzard qui enfle, balaie violemment le lac et le ciel. Autour d'elle, le Baïkal se brouille, la neige se bombe en un drap opaque, soulevé par des vents comme des lames. Je vois sa silhouette se creuser. Puis les contours de son corps se voilent d'un coup, Anna s'efface.

Lac

Je cache dans mes profondeurs une vie dissoute, vieille de plusieurs millénaires. Je sais lire les âmes, même les plus troubles : elle n'y échappera pas.

J'ai vu neiger, comme on dit là d'où elle vient.

En temps et lieu, je saurai faire résonner ma parole sous-marine, filtrée par les éponges et les algues, portée par des trillions de litres d'eau et de glace. Pour le moment, elle la perçoit à peine, cette femme qui se tient à la surface, fascinée par ce qu'on ne voit pas, mais qui est là, enfoui, discret. Elle répond à des forces qui la mystifient, un magnétisme qu'elle ne cherche pas à sonder, persuadée qu'elle est de suivre sa pente, se laissant porter comme une brindille dans des eaux tantôt déchaînées, tantôt tranquilles.

L'Ours

Cette histoire, je me la suis racontée tellement de fois. Je ne peux ni l'écrire ni la confier à quelqu'un, et à qui pourrais-je me confier de toute façon ? J'aurais peur d'être incriminé.

Je pourrais forcer l'oubli, me convaincre que ça n'est jamais arrivé, aspirer à la quiétude. Je sais trop bien que l'être humain est doué pour le déni et pourtant j'emprunte le chemin inverse, celui du ressassement. Je peine à reconstituer une chronologie. Dans l'ordre et le désordre, j'ai aligné mille fois les séquences d'événements, de gestes et de paroles qui ont mené à cette nuit de février, au dénouement d'une histoire qu'à ce jour je ne parviens pas à élucider.

Lac

Celle qui marche sur mes glaces, obsédée par son avancée, ne craint pas les eaux troubles. Elle a l'habitude des jours comme des fleuves agités. Ce qui la chamboule quand elle baisse les yeux et regarde à ses pieds, ce sont mes eaux claires presque transparentes. Les bulles emprisonnées dans les glaces lui rappellent que j'ai un souffle, une respiration.

Peu lui importe que je sois masculin, féminin, un peu des deux, ni l'un ni l'autre. Elle pense « le lac » comme une entité qui la dépasse. J'englobe tout. Je suis les algues et les poissons, je suis les douces ridules sous le vent d'été, la violence de la débâcle au printemps.

Plus de contenance que tous les Grands Lacs réunis, vaste comme une mer, le plus vieux parmi les anciens avec mes vingt-cinq millions d'années, une des eaux les plus pures.

Je la sens venir vers moi, délicate et déterminée, une femme comme on en voit peu dans la région. Quand viendra la nuit, je lui chuchoterai mes légendes.

L'Ours

Ce récit en est un de rencontres, de fougue et de froideur, de géographies trop vastes pour s'y sentir chez soi. C'est ce que j'étais venu chercher ici, un chez-moi. Je me donnais le temps d'apprivoiser les paysages taillés dans les glaces, conçus pour apaiser un homme comme moi, sans port d'attache. Je commençais d'ailleurs à prendre mes aises dans ce long hiver lorsqu'Anna a surgi en pleine tempête.

Lac

Sur mes rives, des chamans disent que j'ai une âme. On me prépare des offrandes. On appréhende mes mouvements, on redoute les vents violents qui lèchent mes glaces en hiver comme si c'étaient des plaies ou la pulpe de lèvres aimées.

On prie pour que je me tienne tranquille. On sait que, lorsque mes profondeurs grondent, mon cri monte, des lignes de faille troublent ma surface.

Je suis vivant.

L'Ours

Anna resurgit. Je coupe le moteur et m'élance à sa suite sans réfléchir, par instinct. Je pose les pieds exactement dans les trous que ses pas ont laissés dans la neige, à peine plus profonds que de petites tombes glaciales creusées pour enterrer des oiseaux.

Menue dans sa parka, des bras comme des métronomes, des bottes qui s'enfoncent dans l'épaisseur durcie et luisante de la neige : je la distingue un peu mieux à mesure que se réduit la distance entre nous.

Sous ses semelles, la surface gelée émet un crépitement de bois mort. On croirait entendre le bruit de ses os, comme si elle pulvérisait ses fémurs et ses chevilles dans son élan.

Pendant une seconde, elle tangue, puis retrouve son équilibre. Elle file le long d'une ligne qu'elle seule semble flairer, sa démarche étonnamment précise, frayant son chemin dans l'horizontalité avec la netteté d'un coup de ciseaux de couturière.

Celle qu'on ne voit pas

L'itinéraire était annoncé et simple, la précision d'une ligne droite, une flèche qu'on décoche : une femme traverse un lac gelé. Je pensais détenir un plan de vol avec un point A à relier à un point B. Un seul lieu, deux personnages, un roman géographique. Mais voilà qu'une autre femme entre dans l'histoire à la dernière minute, elle y prend sa place. Je la regarde avec anxiété comme on considère une passagère à bord d'un Boeing qui insiste, billet à la main : le siège que vous occupez est le sien.

❧

Elle a un sourire discret. Aucun signe particulier. En dix minutes, on oublie son visage. C'est presque sa marque de fabrique, l'effacement. Être celle qu'on ne voit pas, dont on oublie le nom, qu'on ne replace jamais, cela fait son affaire. On ne s'en méfie pas alors que c'est une terroriste. Elle sait qu'elle sème le trouble.

❧

Celle qui réclame une place, c'est moi. Je vais détourner le cours de ce récit avec toute la véhémence qu'il faut pour modifier la trajectoire d'un avion tranquille en plein ciel. Moi qui suis pourtant réservée et secrète, je m'immisce dans mes pages.

Mise à nue, mise en danger, mise en abîme, peu m'importent les étiquettes, j'envisage cela comme une autopsie à froid. Je suis la petite grenouille sur la table de dissection. Je vais m'ouvrir, beau programme. Je ne connais rien aux anesthésies, j'ai un rapport particulier à la douleur, j'ai tendance à composer avec la souffrance, je méprise l'ibuprofène et décline les péridurales. Je m'endure.

LAC

Elle n'avance plus en ligne droite. Sa démarche perd du tonus. Le vent la fait dévier, lui fouette le visage. Elle détourne la tête pour épargner ses yeux, elle peine à ouvrir ses paupières.

Face aux bourrasques, sa volonté se fissure. Dos voûté, bottes de plus en plus lestées de glace, ses semelles s'enfoncent. La confusion la gagne. Des morceaux de bois échoués dans les eaux se métamorphosent en menaces. Au loin, elle hallucine un animal éventré, couché sur le flanc, viscères éclatés sur la neige, et se reconnaît dans cette bête sortie de sa tête. La peur brouille son champ de vision. Elle passe une mitaine sur son front, se couvre le visage d'un avant-bras comme pour parer un coup.

L'Ours

Après une centaine de mètres, elle se rend compte que je suis derrière elle. Ses gestes deviennent plus frénétiques, elle se retourne, regarde par-dessus son épaule. Je lui crie de m'attendre. Sans qu'elle cesse son avancée, quelque chose dans son mouvement s'inverse, sa préoccupation se déporte vers son sillage, vers moi. Son regard délaisse l'enfer blanc devant elle pour traquer ma progression. Elle accélère le pas. À force de multiplier les coups de menton vers l'arrière, elle perd l'équilibre. La neige emprisonne sa grosse botte, enserre sa cheville comme un collet à renard. Elle peine à se relever, s'effondre à nouveau.

Quand je la rejoins, elle murmure quelque chose, la tête inclinée vers le lac, avec la douceur d'une berceuse. Elle se redresse, sa voix se mue en un cri. Sa plainte me prend au ventre. Je ne sais pas si c'est de fatigue ou de frayeur, mais elle s'évanouit lorsque je pose les mains sur elle.

LAC

Son crâne sur la glace. Un coup sourd, à peine amorti par la laine de son bonnet. Un tressautement de poitrine, sa tête qui roule sur le côté, nuque molle.

Allongée ainsi – petit corps égaré dans un lit de démesure –, le ventre contre mes eaux, la peau fine de sa joue posée sur mon écorce de froidure, c'est comme si elle m'était offerte, ou plutôt comme si elle s'abandonnait à moi. Le mouvement vient d'elle.

Je la sonde, je sens vibrer qui elle est. Ce qu'elle tait et rumine pulse dans son corps, se répand par vagues dans l'air, transperce mes glaces, s'abîme dans mes profondeurs.

Je la prends dans mes bras en répétant « tout ira bien, tout ira bien ». Toute la vigueur qui était la sienne cinq minutes plus tôt l'a désertée. Je ne sais pas si elle m'entend, si elle me comprend, mais je lui dis que je vais la ramener chez moi le temps qu'elle reprenne des forces. À mesure que je presse contre ma poitrine cette femme à l'ossature d'oiseau, le duvet de sa parka se dégorge. Des rivières me parcourent. Je cherche, au travers de la doublure aux milliers de plumes détrempées, à percevoir le faible battement de son cœur.

La marche de retour s'avère difficile. Les grands vents me bousculent. Je parviens à la porter sans vaciller jusqu'à la camionnette alors que je ne vois pas où je pose les pieds. Elle remue légèrement les lèvres quand je la dépose sur la banquette. Tandis que je roule jusque chez moi, elle dort profondément. Je surveille son souffle, touche son front fiévreux.

Je la couche dans mon lit, mets des bûches dans le foyer. J'hésite d'abord à la dénuder, puis je me décide et je suspends à sécher près du feu ses vêtements imbibés comme des éponges. Sous les couches et les couches de lainages que je décolle entre elles comme des pelures d'oignon, son corps apparaît pâle, veineux et décharné. La maigreur d'une enfant, la peau d'une vieillarde. Quand je retire son bonnet, des mèches de cheveux en broussaille tombent sur le parquet.

Je trouve des sacs de plastique dans ses bottes détrempées. Ses semelles sont complètement élimées près des talons. Elle devait marcher depuis un moment. Je fouille dans ses affaires, à la recherche de papiers d'identité. Je déniche une photocopie de passeport pliée en deux. Les deux faces du papier adhèrent le long du pli, je n'arrive pas à le déplier sans créer de déchirure. De la neige fondue ou de la sueur a gorgé la fine épaisseur de la page, estompant les couleurs à la manière d'une aquarelle. Dans un nuage d'encre violette, je déchiffre les lettres floues de son prénom palindrome – Anna –, et un nom de famille tout en consonnes que je ne parviens pas à prononcer. Dans ses poches, un briquet, un sac Ziploc avec des billets, des noix dans un sachet, des canneberges séchées durcies par le froid, un canif, plusieurs billets de train chiffonnés.

Je prépare des œufs cuits durs pour son réveil. Anna bouge peu, elle marmonne dans son sommeil des mots dans une langue que je ne connais pas. Pour m'occuper, je passe le balai, range mes vêtements et rince ma vaisselle sale. Je garde la théière remplie. Je verse une conserve de bouillon dans la casserole, je serai prêt à la nourrir quand elle se réveillera.

Elle semble reprendre des couleurs, c'est difficile à dire, son teint est aussi terne qu'une écorce de cacahuète. Je ne sais pas où me mettre, je m'assois à la table, me lève pour aller observer à la fenêtre. Une femme ici, c'est de l'ordre du danger. Comment savoir si elle est en fuite, si elle est poursuivie ? J'élabore et détruis dans le même mouvement une dizaine de scénarios. Aucun ne me rassure.

Par moments, elle grogne dans son sommeil. Elle pourrait se réveiller en colère, avoir peur de moi. Je prépare des explications, aucune ne tient la route. La questionner avant qu'elle me questionne, voilà qui me semble un bon plan. Ça me frappe : ces mois de solitude m'ont rendu méfiant et distant. Je ne sais plus faire la conversation, et qu'est-ce que je pourrais bien lui dire ?

Il est clair que je l'ai effrayée tout à l'heure. À travers la présence de cette étrangère, je prends la mesure de ce que je suis devenu. Un homme seul, mal rasé, dans une cabane pas si accueillante. Dans le miroir, je teste mon sourire, tente de me donner un air bienveillant, un regard doux pour que, lorsqu'elle ouvrira les yeux, elle ne craigne rien de moi. J'hésite à reprendre le volant pour voir si elle a laissé derrière un véhicule, si des gens la recherchent.

Je m'allonge sur le canapé alors que dehors la nuit épaissit. Je voudrais lire, mais je n'arrive pas à me concentrer. Je n'ai que de mauvaises lampes et ma vue n'est plus ce qu'elle était. Ce flou sous mes yeux, cette difficulté à focaliser survenue du jour au lendemain. Je me sens vieux.

Soupirs et couinements de petite bête frileuse s'échappent de mon lit. Elle s'est tournée face au mur, a remonté la douillette jusque dans son cou. Elle va peut-être dormir ainsi toute la nuit. Je perds le compte des heures. Je range la vaisselle en déplaçant bruyamment les assiettes et les ustensiles, en refermant les portes et les tiroirs sans douceur. Elle ne bronche pas. Je préférerais qu'elle se réveille avant que la nuit se pose comme une menace entre nous.

Celle qu'on ne voit pas

Il faudrait d'abord raconter comment cette histoire s'est catapultée en Sibérie. Au départ, il y a un homme russe dans un café montréalais, mais c'est sans importance. Je vais l'éjecter rapidement. Il situe le décor ou plutôt il oriente l'aiguille d'une boussole. Parce que j'ai rencontré cet étranger par une matinée d'hiver, ma curiosité pour la Russie a été ravivée.

Cet homme que, par pudeur, j'hésite à nommer et qu'on appellera ici le grand Russe – c'est d'ailleurs ainsi que, dès le départ, je parlais de lui en son absence – avait établi par écrit des règles et je les avais respectées. Presque respectées. Ça avait mal commencé.

À la sortie du métro, course folle sur les trottoirs enneigés. Tâchant de ne pas glisser, je me répétais : « Tu auras dix minutes de retard à votre premier rendez-vous. » Rendez-vous qui devait se dérouler dans un silence complet, mes yeux dans les siens, et ce, « pour quarante minutes minimum », avait précisé l'inconnu. J'allais enfreindre la première règle de ce qu'il appelait « la procédure du silence ». Et pas moyen de formuler des excuses, de mettre ça sur le dos du ralentissement du service sur la ligne orange.

Règle numéro un :
on arrive à l'heure convenue (dans un café).

Le grand Russe m'attendait. Je l'avais repéré sans mal, première table sur la gauche, près de la station sucre-crème-lait, dans ce café pas très fréquenté en ce jeudi matin, 9 h 30. Plus séduisant, plus grand que sur les photos, plus russe aussi dans les traits singuliers de son visage : mâchoire forte, yeux noirs bridés pleins de mystère, des pommettes saillantes et impassibles, un air conquérant qui me rappelait ces nomades à cheval des steppes mongoles aperçus un jour dans un documentaire sur National Geographic. J'étais contente. On s'était souri avec retenue comme si la procédure du silence imposait certaines précautions. C'était d'emblée étrange de faire connaissance en silence et de me tenir ainsi face à lui sans avoir recours aux salutations habituelles. Il ne semblait pas contrarié par mon retard, mais il ne semblait pas non plus si ravi de me voir, et j'avais pensé : « *Out of my league.* Trop beau pour moi. »

Il vivait au Québec depuis trois ans et m'avait écrit, un 14 février à 16 h 42. Un simple « Salut » sans ponctuation sur le site de rencontres ayant pour logo une petite flamme. Je n'avais pas vu son message tout de suite, n'ayant pas vraiment envie en ce soir de Saint-Valentin d'ouvrir l'application où la solitude des uns et des autres se révélait parfois navrante et l'orthographe, douteuse. J'étais un peu lasse, cet hiver-là, de faire défiler des photos d'hommes. Des photos d'un goût souvent déconcertant : poitrines dénudées tout en muscles ou carrément enrobées de chair molle, poilue ou épilée, mais en général peu inspirante, *selfies* dans des véhicules divers (voitures sport, 4 × 4, bateaux de plaisance, motoneiges et autres engins tout-terrain), moues de septième merveille du monde ou de chien piteux. Sans parler des animaux de compagnie, des dauphins qu'on embrasse, des enfants fièrement brandis ou des poses lascives dans des chambres à coucher, des grosses bières bues goulûment, quand ce n'était pas des cigares, des couchers de soleil, des exploits sportifs, des médailles mordues à pleines incisives, des gros bras enlaçant deux femmes trophées et même la demi-présence d'une ex fantomatique, maladroitement découpée lors du recadrage. Je ne m'imaginais m'insérer dans aucune de ces photos.

J'avais vu son message le lendemain, j'avais été séduite par son sourire sincère. À salutation banale, réponse tout aussi banale : « Salut. Je réponds un peu tard, mais je réponds. » Puis dans une autre bulle : « Et j'ajoute : красивая улыбка*! » J'avais fait l'effort de l'écrire en cyrillique, alphabet que je n'avais plus fréquenté depuis mes études universitaires. Il s'était informé du livre que je lisais sur l'une de mes photos de profil, celle où l'on voyait une plage des Caraïbes en avant-plan. C'était d'ailleurs le premier de mes correspondants qui s'intéressait à ce Georges Perec ouvert sur mes cuisses. Il lisait, m'expliquait-il, *Madame Bovary* en français, langue qu'il parlait depuis peu. J'étais impressionnée : « *Madame Bovary*! Tu ne choisis pas des lectures faciles. J'adore Flaubert. » Il disait chercher les âmes proches, j'avais reconnu l'expression traduite du russe. Après quelques précisions sur nos situations respectives (tous deux récemment séparés avec deux enfants) et géographiques (moins de cinq kilomètres entre nous), j'écrivais que j'avais envie de le rencontrer.

« Avec plaisir, avait-il écrit, mais mon français laisse à désirer, ce ne sera pas tout à fait moi, que 20-25 % de ma personnalité en russe. » J'avais répondu qu'il ne fallait pas s'inquiéter, que je comprenais très bien, moi qui avais étudié plusieurs mois en Russie, la

* Beau sourire.

difficulté d'exprimer des nuances, de l'humour, de l'esprit dans une langue que l'on apprend et que, dans ces rencontres-là, l'essentiel passe souvent par le regard, les silences, les sourires irrésistibles et tout le reste qu'on ne sait pas toujours nommer.

C'est ainsi que je m'étais retrouvée là devant lui, à bout de souffle, le cœur emballé et le visage rouge d'avoir couru dans le froid sur la rue Saint-Denis. Sans le regarder, sans un mot, j'avais posé mon manteau sur la chaise et m'étais dirigée vers le comptoir pour commander un café au lait et une brioche citron-cerise.

Règle numéro deux :
on se met à table et on se regarde (dans les yeux).

J'avais pourtant essayé d'éviter le face-à-face quand il avait proposé cette rencontre muette. J'avais imaginé un endroit silencieux plutôt qu'un café animé, envisagé une galerie d'art ou un musée dans lequel il aurait été plaisant de déambuler ensemble en silence, ou encore une bibliothèque. « On devrait se rencontrer dans la section des romans devant Flaubert, avais-je suggéré, et, si le temps nous semble long, on n'aura qu'à lire le même livre. » À la bibliothèque, les tables étaient trop grandes, les fauteuils trop profonds, selon lui, on ne pourrait pas être assis confortablement face à face.

J'avais donc accepté le café et posé ma brioche sur la table minuscule, je m'étais assise face à lui et j'avais plongé mon regard dans le sien sans broncher. J'étais nerveuse, je bougeais sur ma chaise comme une petite souris tandis que lui se tenait comme un tsar, la tête droite, la colonne vertébrale tonique et stable, le regard sombre. À un moment donné, je m'étais inquiétée : merde, cet homme ne cligne donc pas des yeux ?

Règle numéro trois :
on ne parle pas du tout et on n'essaie pas de « communiquer sans mots » par des gestes.

Comme convenu, on ne s'était pas défilé, on n'avait pas triché, on avait plongé dans ce silence. C'était un effort soutenu, un marathon de la pupille, un étonnant va-et-vient de pensées et d'émotions. L'idée, m'avait-il expliqué dans notre échange de la veille, était de toucher quelque chose de vrai à l'intérieur de soi-même et de son interlocuteur silencieux. *Parfois, tu vas rester dans tes pensées, parfois tu vas sentir le contact et il y aura un lien entre nous. Ou pas. Tu pourras même voir mes différents masques, mon enfance, ma vieillesse.* Ça m'avait semblé un peu ésotérique, mais je voulais bien jouer le jeu. La Bovary en moi se sentait interpellée.

Règle numéro quatre :
on se comporte naturellement, si tu veux rire, ris,
si tu veux pleurer, pleure.

Après quelques minutes, ses yeux s'étaient mouillés légèrement. J'avais regardé avec émotion sa pomme d'Adam se soulever. De mon côté, j'avalais péniblement ma brioche. J'avais pris une gorgée de mon café brûlant pour faire descendre la mie sucrée et le trouble qui envahissait ma poitrine. Puis, mon visage s'était détendu, je sentais mes yeux briller, ma bouche réprimait en vain un sourire timide qui le faisait sourire à son tour. À ce jeu, je gagnais en assurance, mon regard devenait plus fantasque, plus invitant. Le grand Russe répondait avec un calme déroutant, son regard noir me donnait chaud par moments. J'avais envie de toucher son visage, de glisser mes doigts sous les siens, mais je gardais mes distances. Sur la table, nos cafés, les verres d'eau cylindriques, les viennoiseries que nous mangions à petites bouchées se dressaient comme des sentinelles entre nous.

Règle numéro cinq :
on ne détache pas ses yeux l'un de l'autre longtemps.

Au début, je m'étais inquiétée de ce que pouvaient penser les personnes présentes dans le café : la fille derrière le comptoir, l'étudiant qui travaillait à la table d'à côté, le vieux monsieur qui racontait à son ami qu'il devait voir un neurologue sous peu. Je détournais légèrement la tête, jamais longtemps. Le grand Russe ne semblait pas se préoccuper des autres le moins du monde. Son regard demeurait intense, tout à fait concentré sur notre échange silencieux. Après un moment, ce qui se passait entre nous était si beau et vivant que tout le reste ne m'atteignait plus. Mes yeux offraient du réconfort. Je cherchais à connaître l'homme en face de moi dans toute sa complexité, son âme russe. Des clichés se succédaient, s'interposaient entre nous. Je visualisais des images : un petit garçon fasciné par les jeux Olympiques à Moscou, un jeune homme tenant une kalachnikov en Tchétchénie au sortir de son service militaire, un père brisé par une séparation récente, désarroi que je comprenais sans mots. Je me laissais happer par sa mélancolie sans savoir si elle venait de lui ou de ce qu'il lisait dans mes yeux et qui semblait le toucher à son tour. La Russie de ma vingtaine refaisait surface : les forêts de bouleaux défilant à la fenêtre du Transsibérien, le grincement des rails, les sonorités russes, la musique triste et la lumière du Nord, les visages hostiles des babouchkas de la cafétéria qui déposaient des louches de crème sure et des filaments d'aneth flétri dans la soupe au chou, le froid humide et les vents qui pénétraient jusqu'aux os. Je me souvenais même de l'odeur de ma vieille veste de cuir achetée à l'Armée du salut juste avant mon départ, dans laquelle je grelottais en attendant le tramway à Saint-Pétersbourg. Ce débordement inattendu de souvenirs et de clichés me montait à la tête. J'étais nostalgique.

Règle numéro six :
notre rencontre dure jusqu'au moment où l'un de nous
se lève et part, toujours en silence, mais minimum quarante minutes.

Sans avertissement, il s'était levé avec douceur, dans un sourire rassurant, et s'était dirigé vers les toilettes. J'en avais profité pour revenir à moi, pour saisir mon téléphone. J'avais regardé l'heure sur l'écran, incrédule : une heure et quinze minutes s'étaient écoulées. À son retour, nous avions enfilé nos manteaux, marché côte à côte, toujours en silence, émus, sur la minuscule rue Émery. La neige tombait en gros flocons, le ciel était laiteux. Au coin de la rue Saint-Denis, il avait sorti une main de la poche de sa veste, une très belle main aux longs doigts harmonieux, pour la pointer vers l'est. Désemparée, j'avais fait un geste vague vers le sud. J'avais appuyé mon gant sur mes lèvres pour souffler un baiser d'adieu. Il avait pris mon visage entre ses mains, déposé deux bises sur mes joues, et j'étais rentrée en métro, en tremblant comme on tremble parfois après un accident évité de justesse.

Ce soir-là, en réponse à un court message où je m'excusais pour mon retard et lui communiquais mes impressions sur la rencontre, une longue missive en russe m'attendait dans ma messagerie électronique, que j'ai déchiffrée grâce à une application de traduction. Je la reproduis ici, dans sa traduction étrange et inexacte.

Bonjour,

J'écrirai en russe. Je comprends que cela puisse paraître étrange, mais comme ça, au moins, je peux dire ce que je veux dire. Ensuite, si tu le souhaites, je traduirai ce que j'ai écrit en français. Je te suis éternellement reconnaissant pour la rencontre. Être en retard est une bagatelle, cela m'a même donné une nouvelle expérience intéressante à ce moment où j'ai pensé que tu pourrais ne pas venir du tout à la réunion. Je suis content que tu sois venue. Et je suis content que tu aies ressemblé exactement à ce à quoi tu ressembles. En vrai, tu es plus vivante que sur la photo. :) Maintenant je t'écris une lettre et je comprends que je veux te revoir. Le temps a passé vraiment vite. Maintenant, à propos de toi. Tout d'abord, j'ai aimé ton ouverture aux nouvelles expériences. Il y a là une sorte de méfait, un défi, une émeute là-dedans, et cette émeute est joyeuse et animée. C'est ton côté qui joue avec le monde, ton Locke. En te regardant à de tels moments, j'ai ressenti une excitation sexuelle à plusieurs reprises. Il n'y avait pas de séduction prononcée de ta part à mon égard – j'ai juste apprécié ton énergie soudainement vive et joyeuse. Ton autre facette est très féminine. Elle est sensuelle et souple, elle est émotive et attentionnée, elle est érotique, douce, tendre. Plusieurs fois j'ai voulu te toucher le visage, te tapoter la tête, te serrer dans mes bras. Et il semble que cela aurait été tout à fait naturel pour nous à cet instant. Parce qu'à un moment donné, il devient clair que la personne assise en face de toi n'est plus un étranger, que la plupart des conventions ont déjà disparu. Et à partir de là, cela devient facile et simple. Un autre côté de toi est ta partie intérieure profonde, c'est ton sage, ton solitaire intérieur, ton sceptique intérieur, ton logicien. Il est la source de tes doutes, de ta méfiance, de tes sentiments de défaite, la source de compréhension de la fragilité et de la fugacité de tout ce qui existe. De toute évidence, ces sentiments surviennent parfois chez n'importe qui. Cette fois, ces sentiments étaient presque inexistants. Ton côté solitaire me regardait de temps en temps calmement et attentivement. Mais, vers la fin de notre rencontre, il s'est avoué vaincu et m'a accepté. :) Parfois, tu plongeais en toi-même et tu regardais comme à travers moi. Mais, en général, il me semblait que nous étions beaucoup en état de contact interne, en état de compréhension mutuelle sensuelle. Je veux te revoir. J'ai une idée : je suggère d'aller faire un tour en voiture et d'écouter ta musique et ma musique. Je pense que je vais t'écrire encore sur la procédure du silence ou je te le dirai quand enfin je retrouve ma voix et commence à parler. J'ai écrit cette lettre en un souffle et je ne l'ai pas relue. Merci et à bientôt!

❧

Bien sûr, je l'ai revu. Le lendemain, je crois. Il est venu me chercher dans sa Subaru Forester noire. C'était le soir, j'ai menti à mes enfants en leur disant que je sortais acheter du lait et des bananes pour les crêpes du lendemain.

J'ai entendu pour la première fois sa voix en m'assoyant côté passager. Elle était comme je l'avais imaginée, grave, chaude, avec un accent qui semblait dépecer à la hache les syllabes françaises. On a roulé dans la ville. Il voulait me montrer sa vue préférée de Montréal. J'étais prête à ce qu'il m'emmène où bon lui semble. Il a tourné rue Sherbrooke. Près de l'hôpital Notre-Dame, un homme au comportement étrange s'est jeté devant la voiture pour faire une blague. Il a freiné à temps. On s'est regardés, inquiets. Cet instant fugitif de terreur que nous avions accueilli ensemble dans le calme, résignés, presque fatalistes, venait d'enrouler une autre spirale de complicité entre nous.

On a pris le pont Jacques-Cartier. Distrait par une question que je lui adressais, il a raté la sortie pour la 132. On s'est retrouvés sur le boulevard Taschereau. Je lui ai dit :

– À droite, c'est l'hôpital où je suis née, là, le Bowling Champion où j'allais tuer le temps et déconner en gang à l'adolescence, voici le McDo où j'allais manger parfois le vendredi midi quand j'étais à l'école primaire…

J'ai conclu en lui disant que ça me plaisait de lui montrer le boulevard laid de mon enfance. J'ai avancé que nos enfances et nos adolescences avaient dû être très différentes dans le contexte de la guerre froide. Il a souri, s'est concentré sur la route. On a finalement rejoint le pont Champlain. Son visage s'est illuminé :

– Regarde comme la ville est belle vue d'ici avec les gratte-ciel et les lumières dans la nuit.

J'avais l'impression de voir Montréal pour la première fois, peut-être parce qu'il était très solennel et ému. J'ai pensé que nous nous dirigions vers une ville à découvrir ensemble comme si nous étions en voyage et que nous avions avalé des kilomètres pour nous rendre quelque part d'inconnu. Il aimait rouler en voiture. Il a dit :

– La montagne ?

Et j'ai fait oui de la tête. Je vivais dans cette ville depuis plus de vingt ans, je savais que c'était un endroit où aller avec une conquête, mais moi, je n'avais jamais fait ça. Lui, arrivé depuis à peine trois ans, allait m'emmener là et, après tout juste dix minutes à discuter dans le stationnement du belvédère, j'allais l'embrasser, poser une caissette de framboises sur mes genoux et les lui glisser une à une dans la bouche avec des sourires timides, entrecoupés de morceaux de chocolat noir tendus en tremblant, puis l'embrasser encore.

C'était la promesse d'une histoire magnifique, une romance russe qui, en fin de compte, s'avérera intense mais brève : une amourette de voyage dans ma propre ville. Cet hiver-là, nous avons beaucoup fait l'amour, la plupart du temps en plein jour. Il m'écrivait le matin, une fois les enfants à l'école, et il venait me rejoindre dans mon lit. Parfois, il préférait me voir dans un café, m'inviter pour un *smoked meat* chez Schwartz's ou pour une promenade à la montagne. Nous allions à l'occasion faire nos courses ensemble, il poussait le chariot à provisions, partageait le coût d'un sac grand format de pistaches ou d'abricots séchés que nous répartissions ensuite à parts égales dans des pots Mason. Contre toute attente, j'adorais le fait qu'il trimballe mes paquets pour moi, chantonne au volant, m'ouvre la portière.

Le grand Russe avait la larme facile. Ses yeux se mouillaient souvent et il ne cherchait pas à s'en cacher. Parfois, dans sa voiture, une chanson le rendait émotif. Il montait le volume pour magnifier la fêlure de tel grain de voix et choisissait exprès certaines mélodies comme si la musique était un pont sur lequel nous pourrions nous tenir tristement tous les deux. Il détachait son regard de la route l'espace d'un instant, se tournait vers moi et je captais cette lueur dans ses yeux. Je n'arrivais pas à bien lire ses sentiments, je ne disposais que de quelques secondes pour déchiffrer cet iris noir et complexe, avant qu'il m'offre son profil pour se concentrer sur la route, la nuit, le bouton du volume. Je me disais que ça devait être de la mélancolie, le mal du pays, de la nostalgie ou alors une tristesse franche qu'il préférait garder pour lui. Je ne savais plus trop où me mettre, les possibilités étant restreintes sur le siège passager.

Nous étions deux dans cette tristesse, mélancolie, nostalgie ou ce mal du pays qui envahissait tout le véhicule ; pourtant, je n'avais pas l'impression que ce sentiment me concernait. Je pouvais être émue avec lui tandis qu'il montait le volume d'une chanson de Nina Simone, mais c'était comme s'il était déjà à des milliers de kilomètres de moi. Je me laissais conduire sur l'autoroute 20, sur le boulevard Métropolitain, dans les petites rues congestionnées de La Petite-Patrie ou du Centre-Sud par un homme qui avait quitté son corps. Il ne me racontait pas ses absences, quand il partait loin en pensée dans cette ville de Bachkirie au bord de la rivière Belaya, qui prend sa source au pied des monts Oural puis serpente en direction du Kazakhstan.

Il aurait voulu aller à la mer avec moi, sur la côte américaine. J'étais pour lui une compagne de voyage, une femme désœuvrée qui répondait toujours oui. Avec lui, j'ai visité ma propre ville dans une langue étrangère, selon un horaire étrange rempli de temps morts, de langueur et de moments d'abandon peau nue contre peau nue. Je me souviens d'un matin au tout début de cette histoire. La lumière d'une froide journée hivernale réchauffait ma chambre, comme si la blancheur des draps allait prendre feu, et il avait crié passionnément au moment de l'orgasme : « Я тебя люблю ! JE T'AIME ! » Tout mon corps s'était crispé. Il avait dû m'expliquer ensuite que c'était un cri d'extase, dans le cœur de l'action, parce qu'il était bien avec moi, en moi, reconnaissant pour ce que nous vivions, une complicité simple et satisfaisante. Il ne fallait pas prendre ça *pour du cash*, avait-il dit en d'autres mots. J'avais acquiescé, mais intérieurement je me disais que le chemin pour me laisser aimer à nouveau allait être sinueux. J'étais loin d'être prête à entendre des mots d'amour, même dans une langue étrangère que j'avais tant aimée et peiné pour apprendre vingt ans plus tôt.

Un jour de mai, il sortira de ma vie comme il y était entré – sans un mot, sans m'écorcher le cœur. Je conserve le plus beau de cette rencontre : cet homme a ravivé en moi une fascination oubliée pour le plus vaste et mélancolique pays du monde, et je sais que j'irai jusqu'au bout de mon désir de retourner là-bas.

L'Ours

Elle est nue au milieu de la cuisine, immobile, une statue opalescente. Le visage immuable d'une vierge en plâtre dans un musée ou d'une sculpture baroque abandonnée. Un livre tombe au sol quand je me redresse. Elle regarde par la fenêtre. La lumière est déjà crue sur le lac.

– Tu as raté l'aube, dit-elle en écorchant les syllabes avec son accent étranger.

J'éteins la lampe restée allumée toute la nuit. Le canapé grince sous mon dos. La torsion des ressorts réverbère une plainte qui s'apparente à un cri humain alors que nous demeurons silencieux, elle et moi.

Pour la première fois depuis mon arrivée en Sibérie, je ne me sens pas chez moi ici. Je me dirige vers le poêle en ne sachant que penser de ce corps de femme. Elle ne couvre pas sa nudité. Elle se tient près de la fenêtre comme si sa présence chez moi était toute naturelle.

– J'ai mis tes vêtements à sécher là-bas.

Elle me dit qu'elle n'a pas froid.

Je ne vois pas comment répondre à ça alors je verse de l'eau dans la cafetière en lui tournant le dos. Je ferme les yeux comme si j'avais besoin de noirceur pour trouver comment agir. Sous mes paupières, toujours cet horizon blanc.

❧

– Tu vis ici depuis longtemps ?

– Environ un an. Assez longtemps pour m'y sentir chez moi.

– Pour le travail ?

– Je suis ici pour la construction du télescope sous-marin, le détecteur de neutrinos.

– Neutrinos ?

– Des particules cosmiques, si légères et minuscules que juste là pendant que je te parle il y en a cent milliards qui viennent de traverser le bout de ton nez. C'est fascinant, mais un peu compliqué à expliquer, et tu dois avoir faim.

Si elle pense que je vais lui faire des confidences, elle se trompe. Je veux bien la nourrir et partager la chaleur de ma cabane, mais elle ne doit pas compter sur moi pour meubler le silence. Jusqu'à présent, elle préfère l'économie de mots au bavardage. On devrait bien s'entendre.

– Et toi, d'où tu sortais comme ça, à pied ?

– Ça aussi, c'est un peu compliqué à expliquer.

Elle traverse la pièce. Sa démarche est plus fluide, son corps, plus agile lorsqu'il est nu. Son impudeur me déroute et m'amuse, cette femme est étonnante. Je la revois la veille avancer sur le lac avec sa dégaine de bête blessée, enchevêtrée dans les lambeaux de lainages et d'écharpes enroulées comme une cuirasse à son cou.

– Je peux préparer un repas, il y a longtemps que j'ai cuisiné. J'aimais bien cuisiner avant.

Elle saisit un oignon et un couteau, cherche des yeux une planche à découper.

– Directement sur la table.

Elle s'exécute, enfonce la lame avec rapidité et précision. L'oignon se disloque en parcelles de taille égale, translucides et luisantes. Des larmes débordent de ses yeux. Elle les laisse couler sur ses joues. Quand elles atteignent le menton, elle les essuie d'un mouvement de poignet, et je la trouve touchante le visage mouillé à renifler comme si ça ne l'importunait pas. Je n'arrive pas à me décider si cette femme est belle ou repoussante mais, chose certaine, elle dégage quelque chose de pas banal. Et comment ça pourrait être banal, une femme nue dans ma cuisine, en larmes au-dessus de son oignon ?

Ses traits sont un étrange assemblage. J'essaie de comprendre, sans la dévisager trop longtemps, ce qui crée cette impression. Je profite du fait qu'elle est maintenant penchée sur son ail à le détailler menu pour analyser sa physionomie. Une bouche pulpeuse, de longs cils, des traits austères quand elle ne sourit pas. La forme de son visage est étonnante, un mélange de douceur et de dureté dans ses contours et ses angles, quelque chose d'à la fois invitant et rébarbatif. Comme si ce qui séduit chez elle se profilait précisément dans ce double mouvement de séduction et de barricade, un phénomène similaire à celui des marées : avancée et repli.

Avec trois fois rien, elle a concocté une soupe qu'elle dépose sur le poêle. Le temps que ça mijote, elle reste postée près du feu, soulève un pied qu'elle réchauffe sur son mollet comme si c'était une allumette qu'elle frotte contre sa peau froide, finit par tendre une main vers son linge. Elle prend son temps pour s'habiller. Elle enfile son pantalon, le boutonne, saisit un autre vêtement, demeure un moment en suspens, seins et pieds nus, à scruter d'un regard circulaire mes murs et mes meubles avant d'achever de se vêtir.

Je me lève pour aller mettre la bouilloire à chauffer. Une femme ici, ça n'est jamais arrivé. Je me sens observé. Mes mains s'attardent sur le métal. Mes ongles sont propres et taillés, une chance.

J'éparpille sur la table quelques sachets de thé. Je vais chercher les tasses qui sèchent près de l'évier. Anna fait remarquer qu'elle a déjà vu ce modèle de théière ailleurs, que c'est celui qu'on trouvait partout à l'époque soviétique.

– J'ai visité la Russie peu de temps après la dissolution de l'URSS. Je me souviens de ces théières rouges à pois blancs, de ces tasses-là.

Je lui tends un sachet de thé noir, en m'excusant de ne pas avoir de tisanes ou de thés parfumés. Après le sifflement de l'eau, un silence chargé de tensions s'installe dans la cuisine. Elle attend peut-être que je lui demande comment elle est arrivée jusqu'ici.

Celle qu'on ne voit pas

– En Russie ?

L'agent du poste frontalier détache les deux dernières syllabes avec mépris. Bouche ouverte, figée dans sa grimace alors que le son « i » a été vomi depuis une bonne minute, il me scrute des pieds à la tête, moi, la jeune femme de vingt-deux ans, qui lui tends un passeport où figure, à la toute dernière page, les étampes d'entrée et de sortie de l'aéroport de Moscou-Chérémétiévo un matin de décembre 1996.

– Qu'est-ce que t'es allée faire là, en Russie ?

Quelques jours plus tard, je raconterais à une amie l'accueil qu'on m'avait réservé au poste frontalier de Champlain – Saint-Bernard-de-Lacolle – ce ton, ce « tu » déroutant. Sa mère, en entendant ça, échapperait une expression que je n'avais jamais entendue auparavant, mais que j'emploierais à quelques reprises ensuite dans ma vie adulte : « Tu ne lui as pas rétorqué : "On n'a pas élevé les cochons ensemble" ?! »

Avec politesse, intimidée de m'adresser à quelqu'un en situation de pouvoir, je romps mon silence interloqué pour formuler une phrase neutre évoquant un séjour d'études crédité par l'Université McGill. Je ne laisse pas paraître que je le trouve arrogant et grossier tandis que je le regarde tourner paresseusement les pages de mon passeport, les narines agitées, reniflant avec force pour empêcher sa morve de couler.

Il me toise, prend son temps, sachant très bien qu'il a le gros bout du bâton. Il peut ou non me laisser entrer au pays, me demander de révéler le contenu de mon sac à dos, m'imposer un interrogatoire ou une fouille à nu.

– Ouais, OK, mais c'est quand même une drôle d'idée d'aller étudier là.

Dans mon souvenir, ce « là » est comme une grosse patate molle qu'il me lance au visage. Pendant les quelques minutes que dure notre échange, il me résume à ça, à ce « là » gras. En une syllabe et un reniflement, il condense quatre mois de ma vie, des milliers de kilomètres parcourus dans le désir et la curiosité, des millénaires d'histoire, d'art, de culture en une broutille tout juste digne de son dédain.

Son mépris : la mesure de toute chose. *Je suis un homme, en position d'autorité, j'ai deux fois ton âge, je gagne dix fois le salaire que tu peux espérer toucher en tant qu'étudiante en littérature et en études russes, l'histoire est de mon bord : faut vraiment être conne pour aller visiter un pays effondré...* J'ai l'impression de lire de manière limpide dans ses pensées. Sans l'ombre d'un doute sur sa perception et sa vision du monde, il doit se dire que c'est une idée désolante, que ça ne sert à rien de voyager en Russie, d'apprendre la grammaire russe et d'étudier les sciences sociales.

L'agent des douanes a choisi de dire « là » plutôt que « là-bas » même si son ton laisse sous-entendre qu'il parle d'une contrée du bout du monde. Je devine dans son regard et la grimace qui déforme le bas de son visage que lui ne mettra certainement jamais les pieds *là*.

L'homme est mon premier contact avec le Québec après un trimestre d'études qui m'a menée de Nijni Novgorod à Saint-Pétersbourg, puis à Tcheliabinsk au cœur de l'Oural, terminant mon séjour à Moscou en plein mois de décembre. De là, après une escale à Vienne, j'ai séjourné chez le frère d'une amie à New York juste avant Noël, puis je rentre finalement à Montréal dans un bus de nuit bon marché.

Debout face au douanier, je sens monter une émotion mauvaise. Ça part du ventre, une envie de me retaper dans le sens inverse bus, avions, train, navettes pour aller pleurer dans la chambre d'un immeuble stalinien ma fatigue, ma mélancolie et cet étrange sentiment qui me prend à la gorge, que je ne sais pas encore nommer à vingt-deux ans : je ne me sens pas à ma place chez moi.

❧

Presque vingt-cinq ans plus tard, je dois admettre que la question du douanier était pertinente : pourquoi la Russie ? Par quels obscurs détours en suis-je venue à m'inscrire en études russes, à désirer courir un marathon en Sibérie ? À nouveau, une envie de rebrousser chemin, mais narrativement cette fois-ci. Alors que ce n'était pas du tout prévu ainsi, j'écoute la voix du ventre et ménage une place à celle qui prend d'assaut le romanesque à la manière d'un commando. Je vais m'embarquer dans le récit intime de mon rapport à la Russie. Je n'abandonne pas la fiction, je trouverai le moyen de bricoler sur les deux fronts. Le chemin n'est pas tracé d'avance, il se débroussaillera en marchant, machette entre les dents.

Поехали ! allons-y, comme s'est exclamé Youri Gagarine dans son Vostok, avec ce « x » sonore qui vient du fond de la gorge.

D'emblée, je me demande si je situe les lieux du roman à l'autre bout du monde pour me tenir loin de moi. Si c'est une tentative d'éloignement ou de détournement, c'est raté. Quelque chose insiste de là d'où je viens. Je n'arrive pas à mettre le doigt dessus, mais cette histoire de femme qui avance sur un lac en Sibérie aimante des bouts de mon histoire personnelle. De petits fragments de ma vie somme toute banals, à commencer par le sentiment d'avoir été chez moi au sein de plusieurs familles russes au cours de l'automne 1996. Comme cette fois où je fais preuve d'un humour fataliste dans un moment de mélancolie et que ma « mère de l'Oural » prononce cette phrase qui m'est restée, « она наша, elle est des nôtres », moi qui ai toujours eu le sentiment d'appartenance compliqué.

Enfant, j'ai lu *Moi, Christiane F., 13 ans, droguée, prostituée...* et je n'ai pas oublié les blockhaus où elle habitait avec sa mère. J'avais du mal à me représenter ce que pouvait être ce genre d'habitation. Je ne sais plus si j'étais plutôt fascinée ou effrayée par le monde brutal que le roman dépeignait. Je n'aurais jamais pu imaginer qu'un jour, je me sentirais chez moi à l'intérieur d'un monstre de béton brut.

J'ai quinze ans quand survient la chute du mur de Berlin. Ce que je vois aux nouvelles me galvanise. Il se passe enfin quelque chose de majeur en cette fin de siècle.

L'année suivante, dans mes cours d'histoire, je découvre la révolution d'Octobre, le stakhanovisme, le Politburo et les goulags, le culte de la personnalité. On m'explique la guerre froide, le rideau de fer, Checkpoint Charlie, la glasnost et la perestroïka, je m'applique pour épeler les noms des dirigeants soviétiques – *c-h-t-c-h*, que je me répète lorsqu'il me faut écrire « Khrouchtchev » dans le contrôle d'histoire. Je suis fascinée et dépassée par ce que j'apprends sur les pays de l'Est, d'autant plus que « la complexité du monde » se révèle à moi au moment où, à mesure que l'année scolaire progresse, le bloc communiste s'effondre.

Dans une fête, un garçon plus vieux que moi me raconte qu'il rêve d'aller à Berlin. Je n'avais pas encore envisagé un tel voyage. Il me promet qu'il me rapportera un morceau du Mur. Je ne dis rien, mais je pense : « J'irai le chercher moi-même. »

À l'hiver de mes dix-huit ans, je tiens parole. Je pars pour l'Europe de l'Est entre deux sessions de cégep, je désire être en Tchécoslovaquie au moment de la dissolution du pays. Pendant tout l'automne précédent, lorsque j'entre dans mon appartement, s'inscrit en moi l'image de *L'Insoutenable Légèreté de l'être* où une Juliette Binoche en soutien-gorge blanc et jupette rouge, jambes passionnément nouées autour de la taille d'un Daniel Day-Lewis tout en noir, l'embrasse à pleine bouche au-dessus d'une ligne de chars d'assaut et de silhouettes en fuite. L'affiche géante du film inspiré du roman de Kundera est suspendue au-dessus du lit de ma colocataire et je suis dévorée par l'envie de me jeter au cou de quelqu'un. La voix grave de Sabina en tête – « *I always try not to get too attached to a place, to objects. Or to people* » –, je me projette dans l'âge adulte en femme libre et détachée. Je connais mal ma propre trempe et ne peux pas savoir que je prendrai la direction diamétralement opposée, plutôt libre certes, mais avec un attachement nostalgique aux lieux, aux objets, aux gens.

Chose certaine, je veux aimer à la tchèque. Je m'envole pour Paris un jour de solstice. Je traverse l'Europe en train pour me rendre à Bratislava la veille du nouvel an, où je m'amourache d'un Néerlandais de passage. Je m'arrête à Brno, y partage le lit d'un Australien qui ne me touche pas. Je me rends ensuite à Prague, où je me lie d'amitié avec deux artistes allemands, puis finalement à Berlin, où, dans les débris, je cueille l'équivalent d'une demi-livre de béton sous une fine couche de graffitis colorés. Je cache mon morceau du Mur dans un bas de laine au fond de mon sac à dos et le rapporte chez moi.

À vingt et un ans, après plusieurs heures de vol entre Montréal, New York, Vienne, Moscou, puis un trajet de six heures sur les autoroutes reliant la capitale à la ville de Nijni Novgorod, anciennement Gorki, je me retrouve au milieu d'un vaste terrain, là où vit Vera, qui sera ma « sœur russe » pendant le premier mois de mon séjour. Mes chevilles nues piquées par les herbes jaunes de fin d'été, je regarde autour de moi les cinq ou six tours d'habitation en béton défraîchi qui se dressent sur plusieurs étages. Leurs silhouettes à la fois imposantes et sinistres me donnent le vertige, un vertige inversé puisque je me sens écrasée au sol comme si j'étais réduite à la taille d'un insecte.

Quand je pénètre dans l'immeuble, comme chaque fois que je franchirai un seuil en Russie, le contraste entre les apparences imposantes de la vie du dehors et la fragilité de la vie intime du dedans me saisit. Dans un vestibule sombre aux murs défraîchis où prolifèrent les traces d'usure, le béton est parcouru de rivières de rouille. Au bout d'un interminable alignement de boîtes aux lettres métalliques, un étroit ascenseur lugubre mène à l'appartement de deux pièces que Vera partage avec sa mère. Partout la peinture se stratifie, cloque et se détache comme mille peaux d'une autre époque. Je dis l'une des dix premières phrases que j'ai apprises dans mes cours de russe : « Я дома, je suis chez moi. »

Ces immeubles d'habitation à l'architecture brutaliste n'ont rien à voir avec les bungalows aux cours gazonnées et aux haies de cèdres bien taillées que j'ai connus dans la banlieue de mon enfance. Il y avait quelques terrains vagues derrière le boulevard commercial et près de la zone industrielle, j'en faisais mes terrains de jeux. Les herbes hautes, les détritus, les plantes sauvages qui poussaient en tous sens me faisaient un bien fou dans cet univers de tondeuses, de *carport* et d'œillets d'Inde puants plantés en quinconce que j'ai voulu fuir dès que j'ai pu, à dix-sept ans.

Anna

« **Comment t'expliquer** par quels chemins je suis parvenue jusqu'à ce lac, et que c'est exactement ce qu'il me fallait ? Une nature trop grande pour moi, des profondeurs et de l'horizon, de quoi m'élancer comme je ne me suis jamais élancée dans ma vie.

À ma descente du train, j'ai marché. Vite, je suis sortie de la gare. Des hommes me faisaient des signes, me criaient de les suivre jusqu'à leur taxi. Je n'ai pas ralenti, je voulais m'éloigner de l'agitation. Je suis entrée dans une auberge de la rue principale. J'ai avalé de la soupe et bu du thé. J'ai demandé une chambre. Je me suis glissée sous une douche brûlante. J'ai pleuré dans la douche, en reniflant, en me voûtant comme un rat dans un coin de la baignoire. Puis je me suis séchée en ressassant, en me répétant que je suis toujours vivante, ça va maintenant, ça va aller, mon corps est chaud, ma chair encore ferme, je me pince, je suis vivante, mon cœur bat, mes cheveux ruissellent, ça forme une flaque sur la céramique, tout n'est pas perdu. Face au miroir embué, je me suis dit ça plusieurs fois comme une litanie ou un mantra, comme un coach qui crierait depuis le banc des joueurs, comme une foule en délire depuis les estrades, ça va, ça va, ça va le faire, ça suffit, arrête maintenant, arrête, passe à autre chose, on n'arrivera à rien à rester là nue comme un rat dans les vapeurs.

Je n'ai pas dormi dans cette auberge. Je me suis rhabillée, un jean un col roulé des bas de laine la parka la capuche. J'ai ouvert la porte, je suis descendue, je n'ai salué personne, je crois que personne ne m'a vue, vraiment vue, je veux dire. J'ai ouvert une autre porte, le vent fouettait, je me suis dit qu'il ne fallait pas perdre l'élan, que bientôt il ferait nuit, le ciel était sans couleur, délavé, morne, le genre de ciel qui écrase les villes. Je me suis mise en marche sous ce couvercle de grisaille, je me sentais inatteignable, aussi blindée que cet horizon sale, au moment d'arriver au carrefour où se dresse un Lénine de bronze.

J'ai laissé opérer ce mouvement des pieds et des bras et de la tête qui se penche contre les vents. Je me suis dit : “J'avance, rien ne va m'arrêter, pas même moi.” Je ne rentrerai pas sagement à l'hôtel, je ne prendrai plus de train, j'irai jusqu'où on peut aller à pied sans repère, sans carte géographique. J'en perdrai la notion de distance, de fatigue, des jours et des nuits, des semaines. L'épreuve sera totale, déraisonnable, elle obéira à ce qui monte du ventre, qui gronde et me jette par devant parce qu'il n'est pas question de me retourner, de soupeser, de me demander d'où je viens et ce que je fais là. Non. Il y a du blanc et du ciel devant, je ne ralentirai pas et, maintenant que j'y pense, je ne devrais pas rester dans cette cabane, accepter du thé et une chaleur dont je n'ai pas besoin. »

L'Ours

Anna s'arrête net, dépose sa tasse, soupire comme si parler l'avait épuisée.

– Moi, je suis venu jusqu'ici parce que j'avais des envies de paysages vides, de vents qui hurlent, de volets en bois qui frémissent et claquent par temps violents. Je croyais découvrir en Sibérie le temps et l'espace pour me retrouver et enfin m'accorder au décor. Ça durerait le temps qu'il faudrait. Je n'ai pas pensé en mois en semaines en années. J'ai pensé : « Va de l'avant. »

Elle détourne la tête, ne semble plus m'écouter. Je remarque le tremblement de son menton quand elle s'absorbe dans la contemplation de la carabine au mur.

– C'est pour chasser ? risque-t-elle.

– C'est surtout pour tuer les curieuses.

Elle ne rit pas. Je souris. Elle insiste :

– Il y a des ours dans le coin ? Vous sauriez tuer un ours si vous en aviez un devant vous ?

Je hausse les épaules. Je lui dis qu'elle peut me tutoyer. Nos tasses sont froides, elle n'a pas bu tout son thé. Je me lève pour remettre la bouilloire à chauffer.

– Je préférerais ne pas avoir tué.

Celle qu'on ne voit pas

Je tourne autour de cette carabine fixée au mur d'une cabane sibérienne. Je ne sais pas encore ce que je vais en faire, mais je la plante dans le décor. Une obsession parmi d'autres. Elle est là à cause d'un drame familial, une histoire qui plane sur ma famille. Un accident de chasse. Je me dis parfois que c'est à cause du mystère entourant cet événement que je me suis mise à écrire, électrisée par toute la charge de silence accumulée dans la maison de mon enfance.

D'abord, il y a une jambe en moins. Un oncle unijambiste. Un père brisé avec un corps brisé d'ouvrier.

Ce sont les hommes de la maison, les silhouettes qui resurgissent de ces années-là. Le corps du père levé à l'aube, qui roule sur le pont métallique pour aller ensacher à la chaîne des farines raffinées enrichies de thiamine, de riboflavine, de niacine, d'acide folique et de fer. Le corps du père fatigué après son *shift*, allongé sur le sofa, se relevant péniblement à la fin du match de hockey pour éteindre la télé. Le corps de l'oncle amputé qui se déplace en martelant de ses béquilles les planchers de la maison, tuant le temps

– comme un homme qui ne travaille pas – avec des jeux de cartes, des tasses de café instantané et la compagnie de la radio AM.

J'ai aimé cet oncle comme un père. À la maternelle, quand il faut façonner un objet en terre glaise pour la fête des Pères, c'est à mon oncle que j'offre le cendrier que j'ai modelé avec mes mains : les fentes où reposeront ses cigarettes auront l'exacte largeur de mes doigts. Cet oncle est, avec le téléviseur du salon, ce qui sème du rêve dans mon enfance. Il parle de m'emmener à Honolulu ou de partir à Tombouctou. J'y crois, j'apprends très tôt à fantasmer. Il existe des ailleurs, des noms de villes qui sonnent bien, qui sonnent loin. Mon oncle est rieur et affectueux, il m'appelle sa petite poule. Il me complimente, me joue des tours, me taquine, me propose des promenades dans sa Cadillac convertible, me paie des cornets à la crémerie Blanche-Neige et des frites que j'inonde de vinaigre.

C'est mon plus lointain souvenir. Un pli sur la chair d'une jambe absente. Coupée au-dessus du genou. Un moignon cicatrisé, caché dans un pantalon replié de manière précise, le tissu ramassé proprement, cousu là où s'arrête la cuisse. On ne dit pas de mon oncle qu'il est infirme ou handicapé. On dit toujours : « Il lui manque une jambe. »

Un jour, on me montre la jambe artificielle, celle que mon oncle refuse de porter parce qu'il ne s'y habitue pas, ce sont ses mots. Il se plaint qu'elle frotte sur le moignon, qu'elle lui cause de la douleur. La jambe est posée en hauteur sur une tablette dans un placard du sous-sol. Une jambe artificielle, même l'expression m'impressionne. Je la regarde comme quelque chose d'inatteignable, d'incompréhensible, de l'ordre du secret et du mystère, avec le même air effaré que je prends quand on me parle du corps du Christ que l'on déposera dans les mains de ma sœur qui prépare, cette année-là, sa première communion.

Son fini d'apparence plastique me fascine, j'en apprends le vernis par cœur. C'est une peau Prismacolor, lisse et légèrement rosée, sans poils, sans grains de beauté, que de la peinture unie, épaisse, pas si réaliste que ça, une fausse peau sur une fausse jambe creuse capable de se glisser dans mes cauchemars.

Mon père renonce à parler de cet accident. Il dira l'« accident », pour résumer en un mot, n'en révélera presque rien d'autre. *C'était un accident.* Il l'a dit aux policiers qui l'ont questionné, l'a redit à sa femme et à la femme de son frère. C'était le jour de leur anniversaire de mariage, ils étaient pressés de revenir de la chasse. Un mariage double en octobre. Deux ans plus tôt. J'adorais regarder la photo de noces prise sur le perron de l'église Notre-Dame-des-Sept-Douleurs, je peux encore en restituer des éléments de mémoire : les deux robes de mariée identiques avec les voilettes posées sur les coiffures courtes similaires de ma mère et de ma tante, les costumes sombres de mon père et de mon oncle, les deux jambes de mon oncle, debout sans béquilles, le temps d'avant l'accident, son divorce, son emménagement dans notre sous-sol.

Mon père dira toujours *C'était un accident* quand je le questionnerai à trois, à huit, à quinze ans, il donnera la même réponse à ma sœur, à nos amis qui viennent à la maison et voudront savoir pour mon oncle. Il répétera les mêmes mots à tous ceux qui lui demanderont ce qui est arrivé à son frère, à sa jambe. *C'était un accident. Ça s'est passé à la chasse. Le coup est parti tout seul.* Trois phrases. L'histoire s'arrêterait après trois phrases.

J'apprends à imaginer ce à quoi il a pu penser. J'imagine qu'il aurait voulu ne jamais entendre ce coup de feu qui avait fendu l'air humide de la forêt, qu'il aurait voulu que son cœur ne batte plus jamais comme il avait battu ce jour-là, de terreur et d'inquiétude, d'appréhension et d'affolement. Rongé par les remords et l'impuissance, mon père aura désormais un cœur secret et résigné, qui restera effacé dans sa cage, un cœur d'ouvrier qui se tue à l'ouvrage.

Ainsi, dans ma famille, on disait *la balle est partie* pour parler de l'accident de chasse. De même, quand l'oncle entrait dans une phase maniaque, changeait de prénom et se mettait à se comporter étrangement, mes parents prenaient un air soucieux, évasif, et ils disaient : *Il est reparti.* Et tout le monde savait de qui et de quoi ils parlaient. Ça n'avait pas nécessairement à voir avec un départ en bonne et due forme, j'ai mis du temps à comprendre qu'il ne fallait pas demander *où.* J'ai pourtant souvenir d'une fois où il s'était rendu jusqu'en Floride en roulant dans sa Cadillac convertible, donnant des nouvelles seulement une fois dans le trouble.

Au fil des ans, j'assemble une histoire contre le silence de mon père, une histoire d'avant ma naissance, qui me fascine dès l'enfance. Deux hommes autour de trente ans dans une forêt des Bois-Francs, le temps qui s'arrête au moment où éclate une gerbe de plombs. La blessure saigne, un garrot de fortune est confectionné avec ce que j'imagine être un bout de manche de chemise à carreaux. *Je l'ai porté sur mon dos pour le sortir du bois.* J'ai vingt-cinq ans quand mon père ajoute une quatrième phrase à ce récit que je continue d'espérer. Je parviens à imaginer mon père se frayer un chemin parmi les branchages, piétiner les feuilles. Son cœur s'affole, sa tête ressasse peut-être déjà la scène – le coup, le cri, la chute et la course

– tandis que ses pieds se pressent dans la boue. Son frère aîné grimace, il pèse lourd sur son dos et le sang coule le long de leurs jambes. L'anniversaire de mariage n'aura pas lieu comme prévu. À l'hôpital d'Arthabaska, on ampute mon oncle. Ma mère me dit un jour qu'il y avait eu enquête policière, que c'était la procédure. Un accident, un bête accident qui change le cours de l'automne et des saisons qui suivront.

Après l'accident, mon père renonce à la chasse. Il laisse derrière lui l'art du pistage, le silence de la forêt, il ne sera plus jamais à l'affût. Il se contentera désormais de la pêche, ne manipulera plus que des hameçons et des moteurs à hélice, l'été ; des vilebrequins et des brimbales, l'hiver. Ses mains nues ne toucheront plus jamais une arme à feu, elles se poseront sur le corps luisant des truites et des ouananiches, des dorés et des perchaudes.

Mon père avait aussi renoncé aux contacts physiques, à la tendresse, aux baisers volés. Il se disait que ceux et celles qu'il aimait savaient qu'il les aimait, il ne ressentait pas le besoin de les prendre dans ses bras ou de les couvrir de baisers. *Je suis là pour eux, c'est ce qui compte.* On pouvait compter sur lui, c'était vrai. Il prenait soin des siens en veillant à ce qu'ils ne manquent de rien. Ses soins n'avaient rien à voir avec poser des gestes tendres, faire couler des bains, acheter des fleurs. Mon père avait les mains d'un homme qui sait remuer la terre pour en faire un jardin. L'été, ses doigts sentaient les plants de tomates et l'herbe fraîchement coupée. L'hiver, ils sentaient l'huile de moteur. Il passait la souffleuse à neige. Il bûchait du bois. Il taillait les haies de cèdres. Il appliquait la teinture sur le bois extérieur, il repeignait les murs, il graissait les charnières des portes et la chaîne de ma bicyclette, il lavait sa voiture chaque semaine, se mettait à genoux pour arracher les mauvaises herbes de sa pelouse. Mon père et ses activités où il pouvait se réfugier dans son silence.

Un jour, devenue adulte, j'ai été invitée dans une fête de Noël chez mon nouvel amoureux. Ce soir-là, je rencontrais son père, sa belle-mère, ses oncles, ses tantes, sœurs, cousins, cousines. Je les ai vus arriver l'un après l'autre, retirer leur manteau et leurs bottes, poser les sacs cadeaux, étreindre leurs hôtes, traverser le grand salon où je sirotais mon gin tonic. C'était une révélation. Leurs corps ne ressemblaient pas aux corps qui composaient ma famille. Ces gens qui avaient été médecins, avocats, ingénieurs avaient le dos droit, la tête haute, les épaules ouvertes, la démarche souple, assurée. Ils s'assoyaient sans douleur aux articulations, se relevaient d'un bond comme si leurs os et leurs muscles ne connaissaient pas la même usure que les corps de mon père et de ma mère, les corps de mes oncles et de mes tantes, les corps de leurs amis, les corps des « gars de la *shop* » et des « filles à l'ouvrage », tous ces corps usés par le travail d'usine, le travail physique, les jobs de bras et la cadence des chaînes de montage, ces nuques courbées, ces jambes boiteuses, ces démarches douloureuses, syncopées, résignées à l'effacement, hurlant l'inconfort par en dedans, la révolte terrée dans les artères, à la place des cris révoltés des couinements d'os rongés par l'inflammation chronique, à la place des poings brandis et des revendications costaudes, un ravalement, et aussi le vacarme de la machine qui détruit les oreilles de ma mère, des lames qui arrachent les bouts de doigts d'un collègue de mon père, tous ces corps de mon enfance à la mine résignée qui répètent en haussant les épaules, en levant les sourcils, en soupirant à peine *C'est ça qui est ça*, qui reprennent cette litanie jusque dans leur façon de se mouvoir, de se courber, de se redresser avec peine, jusque dans leur manière de se tenir la colonne, jamais vraiment debout, jamais droits comme des i.

Et les autres corps de mon enfance,

ceux des vieilles caissières chez Steinberg et chez Miracle Mart, le corps nerveux, frondeur et souple de la danseuse *topless* qui me fait garder ses enfants le samedi jusqu'à la fermeture des bars, qu'on retrouvera dans un motel de banlieue, morte d'une overdose,

les corps d'un petit orphelin et d'une petite orpheline de moins de dix ans, qui passent toutes leurs journées d'été à la piscine municipale de la rue Windsor parce que leur grand-mère ne veut pas « les voir à' maison »,

les corps maigres et secs – leurs omoplates comme des couteaux qui saillent de leur dos – des enfants de ma classe qui ne mangent qu'une beurrée au beurre de pinottes le midi,

les corps boucanés des vieux aux cheveux jaunes de mon enfance, leur peau grise et crayeuse avec des rides profondes comme des ruisseaux sombres qui découpent et durcissent leur visage, « deux paquets par jour depuis que j'ai douze-treize ans », résument-ils entre deux poffes.

Des corps mis à l'épreuve, voués au travail, à l'aspect éreintant du labeur.

Le corps de mon père – juste avant la retraite, juste avant le cancer qui l'emportera – remplacé par une machine qui valait, selon lui, plus d'un million de dollars. L'effarement de mon père, sa peur de briser la machine, de ne pas savoir s'en occuper *comme du monde*, l'ironie.

Mes souvenirs d'enfance sont peuplés de corps brisés qui se taisent.

Je voudrais trouver plus que trois phrases pour arrimer l'arme russe de la cabane à l'arme que tient mon père contre sa poitrine par un après-midi d'octobre 1968 dans la forêt des Bois-Francs. Un jour, au détour d'une conversation, alors que je raconte maladroitement ma fascination pour le lac Baïkal, mon interlocuteur détourne toute considération géographique et me mentionne qu'il possède un fusil de chasse de marque Baikal, des armes pas chères, très populaires au Québec apparemment au temps de l'URSS. C'est le deuxième homme qui me parle des fusils de marque Baikal, je me demande si mon père aurait pu en posséder un. Je me dis que c'est peut-être une piste à suivre.

> *« Si dans le premier acte vous indiquez qu'un fusil est accroché au mur, alors il doit absolument être utilisé quelque part dans le deuxième ou le troisième acte. Si personne n'est destiné à s'en servir, il n'a aucune raison d'être placé là. »*
>
> Anton Tchekhov

Je pense au fusil de Tchekhov. Je pense à la carabine dans la cabane de l'Ours. Je pense à mon impudeur pudique. On me reprochera peut-être d'écrire des livres où j'ouvre plein de portes et n'en ferme aucune, où des fusils de chasse accrochés au mur plombent l'ambiance.

Les choses ne mènent pas toujours vers ce que l'on redoute ou espère.

Je préfère les portes entrebâillées, les intérieurs où l'air circule, les coups de vent qui remuent et dispersent, les fictions pas si stables dans lesquelles on déambule à sa guise, où ça s'agite en tous sens. S'enfermer dans des impératifs, un réel où tout s'explique, où les fils se croisent en une trame lisse reliée point par point comme ces images *connect-the-dots* qu'on devine d'avance : pas chez moi.

Il y a des libertés que j'aurai mis plus de temps à prendre. Celle d'écrire à l'instinct, notamment.

L'Ours

Dans la bouche d'Anna, avec sa manière de prononcer maladroitement les mots en russe, tout semble d'une simplicité désarmante.

– Tu as été dans l'armée, c'est ça ? Tu as fait la guerre ? Je ne connais rien aux armes.

Je repousse mon bol de soupe que j'ai avalée beaucoup plus rapidement qu'elle. Je venais tout juste de me réjouir de ce moment de silence, sans malaise, seulement une espèce de lassitude, ponctuée par nos coups de cuiller. Il fallait qu'elle vienne troubler l'ambiance avec ses questions.

– Attends, je reviens, je vais aller chercher du bois dehors. Je te raconterai ensuite.

Et me voilà maintenant face au lac, les jambes en compas, à me dire que ma manœuvre pour gagner du temps est pitoyable. Je me demande si j'ai vraiment envie de me raconter. Si je m'y mets, je vais la saouler avec mes logorrhées et le regretter ensuite.

– Le temps est bon. Je voudrais retourner marcher sur le lac.

Je ne l'ai pas entendue venir. Cette femme est imprévisible, elle me rend nerveux. Elle m'observait peut-être depuis un moment déjà. Quoiqu'elle semble n'avoir d'yeux que pour le lac.

– D'accord. Je reviens. Attends-moi.

Lac

C'est une femme blessée qui cache sa blessure. Sur son visage aux allures de masque, un léger sourire. Il faut être très attentif pour entendre ce qu'elle tait. Quand elle tourne son visage vers le ciel, elle ferme les paupières, happée par la beauté, et la lumière pénètre en elle. Cette femme inspire la solidité, elle vient de la terre ferme, du froid, elle sait se débrouiller.

L'Ours

– Tu sais ce que c'est ?

Elle me regarde, sérieuse, impassible.

– Un porte-clés ?

Elle ne connaît pas cet objet ou peut-être cherche-t-elle le mot en russe ou en anglais. Je l'approche de son visage. Sous cet angle, le soleil fait scintiller le métal.

– C'est un astrolabe. Tu connais Fabian Gottlieb von Bellingshausen ? Celui qui a découvert l'Antarctique ?

Anna ne répond pas, mais je continue tout en glissant la clé dans la serrure.

– L'amiral Bellingshausen est un de mes ancêtres. Selon mon père, on descendrait d'un des plus grands cartographes et explorateurs de la Russie impériale. Il y a même une mer qui porte son nom. Mais va savoir, tant de mythomanes dans ma famille.

– Beaucoup de voleurs ici ?

– Il faut verrouiller à cause du vent. Tu verras que la chaleur à l'intérieur se perd vite si la porte s'entrouvre pendant notre absence.

Je range les clés dans ma poche, et on se dirige vers le lac en marchant côte à côte.

– Ce porte-clés est un cadeau d'un ami que j'ai rencontré dans l'armée. Il me l'a offert pour mon vingtième anniversaire, il l'avait rapporté de la mer Noire en me disant que l'important n'est pas d'où on vient, mais où on va. Cet instrument devait me porter chance pour *trouver ma place sous les étoiles*. Chaque fois que j'ouvre ma porte, je repense à cet ami. Cet ex-ami. Youri, il s'appelait Youri, venait du Sud, de la région d'Ufa. Notre amitié a été spontanée, comme si parmi tous ces hommes – nous étions à peine des hommes, tout juste sortis de l'adolescence et déjà des armes dans les mains –, parmi tous ces jeunes cons, il allait de soi que nous nous soyons trouvés. Il était pourtant si différent de moi, des parents intellectuels alors que, dans ma famille, on était ouvriers de père en fils. Il récitait des poèmes par cœur, analysait Pouchkine et citait Tsvetaïeva, il dessinait le soir dans un cahier, savait repérer les constellations et nommer les étoiles. Jamais il ne se mettait en colère, tout au plus levait-il une main avec douceur pour dire : « Ça suffit. » Moi, j'étais l'indiscipliné, le bagarreur, celui qui parle fort, qui frime. Pendant le service militaire, je jouais des coudes, je crachais sur les planchers. Je ne sais plus comment ça s'est produit, mais à son contact je me suis adouci et, lui, s'est fortifié, a pris de l'assurance.

– Tu l'as rencontré à quel âge ?

– Dix-huit, dix-neuf ans. Une amitié exaltée comme on en vit au sortir de l'adolescence, basée sur une admiration réciproque. Quand il a été envoyé en Tchétchénie, on s'est écrit. Ses lettres étaient belles et soignées. J'avais du mal à lui répondre. Tout ce que j'écrivais me semblait d'une banalité mortifère à côté de ses phrases bien tournées, vivantes. Il racontait la mort et la peur, la brutalité de la guerre. Moi, je passais sous silence les heures pleines d'ennui que je consacrais à attendre son retour. En son absence, ma vie était suspendue.

Je pense, sans le dire à Anna : « Il était celui qui savait vivre, et moi, je ne savais que faire de mes jours. »

– Et pourquoi tu n'étais pas en Tchétchénie, toi, si c'était la guerre ?

– J'ai été exempté parce que je devais prendre soin de ma mère. Une longue maladie qui a dégénéré en coma le soir où Boris Gromov a déclaré : « Ce sera un bain de sang, un autre Afghanistan. » Je me dis parfois que c'est la dernière phrase qu'elle a entendue. Elle n'a jamais su l'issue de la guerre.

– Je suis désolée pour toi.

Anna plisse les yeux. De petites rides au coin de la paupière adoucissent ses traits l'espace d'un moment, rappellent qu'elle a connu des jours plus souriants.

– Nous sommes en froid depuis cinq ans. Je ne sais pas si tu vas me croire, c'est difficile à concevoir, mais cette rupture amicale a surpassé tous mes chagrins d'amour.

– Je peux imaginer. Les chagrins d'amitié, ça existe. J'en ai connu un.

– C'était un homme ?

– Non, une femme. Je l'avais rencontrée ici, d'ailleurs, en Russie, à bord du Transsibérien. C'était en 1995, j'avais vingt ans. Elle en avait vingt-cinq. Gaby. Une étrangère elle aussi, une photographe américaine. Elle dormait dans la couchette au-dessus de la mienne.

– Tu as gardé contact avec elle ?

– Oui et non, mais je pense souvent à elle ces jours-ci. On s'était tout de suite senties proches, nous aussi. Elle avait une force et une beauté qui te happaient, à en perdre la concentration. Tu l'aurais rencontrée, tu serais tombé fou amoureux d'elle. Et ça se serait terminé en fiasco, pas besoin de te connaître pour le deviner.

EST

« On se rencontre partout dans le monde. Ce qui importe, c'est ce qui s'ensuit de ces rencontres quotidiennes. »

Marguerite Duras,
Hiroshima mon amour

Anna

Un feu follet entre dans le train à la gare d'Iekaterinbourg, tout en jambes, une sacoche de photographe à l'épaule, un sac à dos compact qu'elle traîne dans le corridor jusqu'à mon compartiment, dépose sur la couchette au-dessus de la mienne.

– Gaby, Gaby Hunter, dit-elle en tapotant son cœur, puis elle avance une main vers moi. Je viens de la Californie.

Cette fille est un aimant. Regard rieur, pommettes bien nettes, son visage ouvert et résolu impose sa joie. Je l'observe ranger ses sacs, retirer sa veste, passer une main dans ses cheveux pour défaire des mèches emmêlées. Elle s'assoit près de moi.

– Vas-tu jusqu'à Vladivostok ?

L'accent américain dans ces quelques mots de russe, le sourire du bonheur, avec un espace irrésistible entre les incisives. Je lui réponds que oui, lui renvoie la question en pensant que ça me plaît qu'elle s'intéresse à ma destination, que ça change du *Where do you come from ?*

Gaby

– **Vladivostok, on verra.** C'est la destination finale que j'ai inscrite dans ma demande de visa, mais je descendrai peut-être à mi-chemin pour visiter le lac Baïkal. Tracer un itinéraire d'avance, c'est à l'opposé du désir de rencontres qui anime mon voyage. Les autorités russes sont pénibles avec leurs formulaires, leur obligation de s'enregistrer et toutes les formalités d'entrée. De peur que les fonctionnaires me compliquent l'existence, je leur ai caché mon projet photo. Même le plus beau sourire du monde ne pourrait amadouer celui qui contrôle un passeport, comme si l'Empire soviétique ne s'était pas effondré. Cette façon qu'ils ont de crier et d'afficher des visages imperturbables, ça me rend nerveuse. Pas de place pour le flou et pour les hésitations, il faut leur fournir les réponses attendues, celles qui correspondent aux cases à cocher sur le formulaire.

– Moi, j'ai eu de la chance, je n'ai pas eu à me tracasser avec ça.

– Pourquoi ? Tu n'avais pas besoin de visa ?

– Non, j'ai participé à un concours organisé par une compagnie de vodka. Un petit coupon attaché au goulot d'une bouteille, le genre qu'on remplit sans trop y croire.

– *No way! That is so amazing!*

– Une agence s'est occupée de tout : billets de train, hébergement à chaque bout du chemin de fer, paperasse. Je n'ai eu qu'à acheter un billet d'avion pour me rendre à Moscou. On devait être deux, mais la personne que j'avais choisie pour m'accompagner… comment dire, j'ai mis fin abruptement à notre relation, et il était trop tard pour que quelqu'un d'autre se procure un visa à temps.

Celle qu'on ne voit pas

Un matin de novembre au tournant des années 2020, j'ai rendez-vous au consulat général de Russie à Montréal pour l'obtention d'un visa. À la sortie du métro Sherbrooke, l'autobus 144 me file sous le nez. Pendant qu'il contourne l'Institut de tourisme et d'hôtellerie, je cours comme une folle vers le prochain arrêt en coupant par la rue de Malines.

L'air froid m'enflamme les poumons. Dans ma hâte, je tâche de ne pas laisser s'échapper la grande enveloppe qui contient mon passeport, une pochette papier renfermant une photo sur fond blanc, la dizaine de pages que constitue mon dossier : ma lettre d'invitation, un mandat bancaire, le formulaire en trente et une questions où j'ai dû lister les endroits où j'ai étudié, travaillé, voyagé, d'éventuelles « maladies physiques ou mentales dangereuses » ou dépendances aux drogues, toute implication dans des conflits armés, des organisations civiles ou professionnelles, etc.

À la hauteur de l'immeuble Queen Anne avec le beau balcon en porte-à-faux, je vois le 144 me prendre de vitesse sur la rue Saint-Denis. Au coin de la rue Cherrier, le feu rouge me donne une petite chance. Je pique une diagonale en accélérant vers l'avenue des Pins exactement comme lorsque, à dix-huit ans, à la même intersection, je craignais d'arriver en retard pour mon quart de travail au Théâtre de Quat'Sous.

J'atteins l'arrêt à temps. Le souffle encore saccadé, je prends place dans l'autobus. Courir dans ce quartier a ravivé une vague de souvenirs de l'époque où, dans le théâtre de l'avenue des Pins, je tenais le vestiaire ou déchirais les billets, puis surveillais la salle, assise dans le noir sur une chaise en fer, côté cour, en finissant par savoir par cœur les répliques.

« Je me sentais comme un oiseau gelé, comme si j'étais un animal fait pour voler, mais que j'étais paralysée, prise dans la glace. »

La tête tournée vers la fenêtre embuée, je revois Sylvie Drapeau sur scène, confuse et transie dans sa robe de mariée, souliers de satin aux pieds. Dans la pièce *Traces d'étoiles* de Cindy Lou Johnson, après avoir déserté son mariage, puis roulé nonstop vers le nord, de l'Arkansas jusqu'en Alaska, son personnage surgissait en plein *white-out* dans la cabane d'un reclus joué par Luc Picard.

« Et puis, je sais pas, on dirait qu'un coup partie, je pouvais plus m'arrêter. Même quand je m'arrêtais, comme pour mettre du gaz par exemple, j'avais pas vraiment l'impression d'être arrêtée. Je sentais encore que j'avançais, même quand j'étais totalement immobile, je continuais à avancer. Je volais. Je crois que je suis pas tout à fait saine d'esprit. »

Ma fascination pour les femmes en fuite et désorientées ne date pas d'hier.

À la sortie de l'autobus, en m'engageant dans l'escalier de l'avenue du Musée, couvert de feuilles d'érable dont le dentelé rouge et friable contraste contre le fer forgé noir, je ne me sens pas à Montréal tout à coup, comme si j'avais été téléportée dans une grande ville américaine, une mégapole de la région des Grands Lacs.

Je serai à l'heure, mais tout juste.

Anna

Je suis tout de suite curieuse d'elle. Elle n'est pas comme les autres voyageurs. Gaby bouge avec légèreté, parle sans inquiétude, j'ai rarement vu autant d'insouciance dans le corps d'une femme voyageant seule.

Écouteurs dans les oreilles, elle pose son Discman sur la table. Elle chantonne et danse dans le minuscule espace libre du compartiment, face à la fenêtre. Elle me tend une oreillette que je refuse poliment.

Gaby, ça se devine, est partout chez elle, aussi bien dans une foule que dans l'intimité de notre « chambre » étroite. Le genre de femme dont on dit que « la place lui appartient ». Souveraine sans le savoir, il y a dans ses gestes, sa bonne humeur incandescente, son naturel enjoué, une grâce toute en humilité.

D'heure en heure, je l'épie, j'envie sa façon de bondir hors de la couchette supérieure, de secouer ses cheveux comme une *rock star*, je jalouse le grain sexy de sa voix, la texture de sa peau. Happée par chacun de ses mouvements, je m'imagine que je pourrais calquer sa manière et sa prestance, les faire miennes ou à tout le moins m'en inspirer.

Gaby

– **Je trimballe dans mon sac** ce que j'appelle mes essentiels. Ils ont leur petite histoire. Attends, je te montre.

Mon Leica, il a appartenu à mon père, il me l'a donné pour mes seize ans, c'est ce que je possède de plus précieux. Plein de rouleaux de film et quelques cassettes. Mon canif suisse. Un sarong indonésien que j'utilise comme serviette. Un grand châle pour les nuits fraîches. Un journal de voyage. Un jeu d'échecs miniature. Je ne suis pas très douée, mais j'essaie de m'améliorer. Un livre de Susan Sontag. Une édition bilingue de *La Mouette* de Tchekhov achetée à Moscou pour améliorer mon russe. J'ai terminé de la lire, je te la donne si tu veux, tiens. Tchaïka, ça te va bien, en plus tu as à peu près l'âge de Nina. Quel magnifique personnage !

Ah, ça, c'est un éclat du mur de Berlin. Je l'ai prélevé sur un morceau plus gros, offert par un homme qui m'a fait souffrir. Je le traîne partout avec moi, parfois dans ma poche, parfois dans mon sac. Un excellent pense-bête pour ne pas oublier la douleur, comme un caillou dans une chaussure : c'est froid, rugueux, ça s'effrite et ça me rappelle ce qu'a été ma dernière histoire d'amour. Parfois, dans les creux de vague, je m'imagine encore que je lui lance le gros cube de béton en plein visage et qu'après, je crache par terre de satisfaction. Il me sermonnait : « Gaby, tu es imprévisible, je n'arrive pas à te suivre, tu es vorace » – ou peut-être était-ce carnassière ? En tout cas, un mot qui impliquait de dévorer à pleines dents. Et il a raison, je sais que je suis comme ça, et ça ne changera pas. Avant de partir en voyage, dans un moment de furie, j'ai cassé ses rétroviseurs à coups de marteau.

Du chocolat, un sac de ballons multicolores. Je les donne aux enfants qui croisent mon chemin. Je les gonfle pour eux et c'est tout de suite la fête. Ça les amuse toujours, même si ça se termine souvent mal. Quand le ballon s'envole ou éclate, je me dis que c'est sans doute mieux ainsi.

Je traîne aussi cette petite trousse de toilette, j'aime bien sa couleur – comment on appelle ce bleu, bleu de minuit ? bleu pétrole ? Un pyjama pour hommes et, bien sûr, quelques vêtements. Et toi, qu'est-ce que tu trimballes dans ton gros sac ?

– Je suis un peu gênée, j'ai emporté beaucoup trop de vêtements pour un voyage d'une dizaine de jours. J'avais peur d'en manquer. Deux guides de voyage. Un livre de Blaise Cendrars. Plein de romans. Comme j'allais être seule… Merci pour *La Mouette.* J'ai aussi du chocolat, des nouilles et du thé, une bouteille de vodka que la représentante du concours m'a offerte à l'aéroport, je peux partager avec toi. Tu vas voyager longtemps ?

– Après le Transsibérien ? Je pense aller vers le sud jusqu'au désert de Gobi. Les régions arides m'attirent. J'aimerais dire que je suis une fille du désert comme mon père, qui a grandi en Arizona, mais je viens de la banlieue de Los Angeles, avec des gens partout et des maisons aux parterres soignés, avec des clôtures et des grilles, de l'asphalte et des garages pour les voitures.

Mon père m'a transmis son amour du désert. Je l'accompagnais parfois les dimanches ou pendant les vacances scolaires. Nous roulions avec la climatisation ou les cheveux au vent dans une décapotable qu'il empruntait à un ami pour l'occasion. Un jour, je devais avoir quinze ans, il m'a emmenée voir une œuvre de land art au Nevada, au nord de Las Vegas. Juste pour trouver l'endroit dans le canyon, on s'était tapé toute une aventure. *Double Negative* de Michael Heizer. Tu connais ? Une “sculpture en creux” à flanc de mesa, plus de deux cent mille tonnes de terre et de roches déplacées avec des bulldozers et de la dynamite pour créer une entaille dans le territoire, deux tranchées linéaires qui s'érodent comme tout le reste. Pour certains, c'est juste un trou dans le sol. Mais en marchant dans cet espace négatif, mon père et moi, on a vécu une véritable expérience. Comme entrer dans une cathédrale. Et je crois que ça a changé ma vie.

On a campé dans le canyon pour mieux prendre la mesure de ce retranchement monumental. Mon père disait que c'était le souhait de l'artiste, qu'on prenne vingt-quatre heures pour pleinement découvrir l'œuvre, apprécier la variation de lumière sur la matière, le vide et le silence autour.

Je pense que c'est là au milieu de nulle part que je me suis dit pour la première fois que j'allais devenir une artiste. Parce que j'essayais de prendre en photo cette longue creusée dans le sol et je n'y arrivais pas avec le petit appareil Kodak de merde que j'avais emporté avec moi.

Anna

C'est la première fois que je rencontre une artiste. J'ai envie de lui poser mille questions. Gaby m'explique qu'elle se laisse du temps et de l'espace pour préciser son projet photo en chemin, que le train est propice à la réflexion. Elle veut composer un livre avec des portraits, des lieux, rendre en images ce qu'il reste des années soviétiques. Ce qui l'intéresse, c'est de raconter les contrastes : la chaleur, la sécheresse, le froid, les grandes étendues, les petits moments de lumière.

– Je récolte aussi des témoignages, en parallèle. Je demande aux gens que je photographie de me faire une confidence de froid. D'ailleurs, tu pourrais participer, si tu veux… Rien de compliqué : tu me racontes le plus grand froid, la plus atroce froideur que tu as vécue. Ça peut être un froid météorologique, esthétique, humain, psychique, relationnel, tous les froids m'intéressent. Tu peux prendre le temps d'y penser, mais souvent ça vient spontanément, sans trop réfléchir.

Gaby trimballe avec elle un magnétophone portatif. Elle tient à capter les inflexions de la voix, le ton, le timbre et le souffle, les silences aussi. Si un jour ses photos sont présentées dans une galerie, elle voudrait que l'exposition comporte en fond sonore le brouhaha des confidences.

Dans le wagon-restaurant, je la vois mener son numéro de charme pour convaincre la cuisinière, ses grosses mains dans la pâte à pétrir les pelmenis, de lui raconter son grand froid à elle. Moi, j'ai beau y réfléchir, je ne pense à rien d'intéressant. Je n'ai pas assez vécu. Face à Gaby, je prends conscience de la part d'aventure qui a manqué à mon enfance, comme si j'avais grandi avec d'énormes œillères, dans une ville où il ne se passe rien, entourée de gens qui ne racontent rien d'excitant, jamais.

Elle me donne envie d'être plus audacieuse. Elle me secoue, me montre une voie que je n'avais pas pensé emprunter : un chemin de femme libre, plus libre en tout cas que ce que j'avais cru possible jusque-là.

Cette nuit n'est pas comme les autres nuits. Le mouvement du train ne m'engourdit plus comme le premier soir après le départ de Moscou. Je suis consciente de sa présence. Je la sais au-dessus de moi, je l'entends, son souffle, le bruissement des draps. Silencieuse, je remarque quand Gaby se retourne, étire un bras, passe la main dans ses cheveux en bâillant. J'apprends la chorégraphie de son corps la nuit.

Je mets du temps à m'endormir. Les yeux fermés, je profite d'un autre point de mire, différent des paysages du jour, je projette sur le plafond de ma couchette la grâce devinée d'une Gaby ensommeillée. L'odeur de son shampoing, le parfum de sa crème pour les mains descendent vers moi. Sa sensualité électrise l'air. Je pense à cette œuvre dont elle m'a parlé et l'espace entre nos deux couchettes, une découpe d'à peine un mètre, se révèle brutalement, prend des allures de cathédrale.

Gaby marmonne « bonne nuit », et je l'imagine sombrer dans un sommeil profond. Elle s'abandonne. Moi, je guette, attentive aux soubresauts du train, aux déplacements dans le corridor, à mes pensées qui, à la manière d'un rotor, s'emballent à toute vitesse.

Je pressens qu'au matin elle soulèvera le rideau, se frottera les paupières, dira en se glissant au bas de sa couchette : « J'ai dormi comme un bébé. » Je n'arrive pas à lui imaginer des nuits d'un autre ordre. Gaby ressemble à une femme qui n'aurait jamais eu ni le sommeil, ni rien d'autre de fragile.

❧

Mais c'est tête à l'envers que Gaby apparaît, cheveux en bataille, agrippée au rail de sa couchette pour se percher au-dessus de la mienne. Elle me fait penser à une petite chauve-souris au cou fin, les yeux brillants dès le réveil.

– Bien dormi, Tchaïka ?

Je dépose mon livre sur les draps.

– Couci-couça. En fin de nuit, j'ai rêvé que le train quittait les rails, bondissait sur une autre ligne ferroviaire et se mettait à accélérer. Il dévalait une pente, complètement hors de contrôle. Étrangement, je n'avais pas peur, je trouvais ça excitant, je riais comme dans un manège. Jusqu'à ce qu'apparaisse un immense ciel au bout du pays, et là, à la fin des terres, j'ai compris que le train plongeait…

– Dans le fleuve Amour ?

– Ou la mer de Béring ? En tout cas, au contact de l'eau glacée, j'ai ouvert la bouche pour crier et j'ai senti que j'étouffais. De la boue épaisse coulait dans mes poumons. Je me suis réveillée en panique, toute en sueur. Comme si je me noyais vraiment. J'ai mis un moment à comprendre où je me trouvais. Je ne me suis pas rendormie. J'ai vu l'aube se lever, un ciel de feu. Et j'ai l'impression que la température a vraiment grimpé dans le wagon ces dernières heures.

– C'est vrai qu'il fait chaud. Reste couchée, je vais nous chercher du thé, puis nous préparer des biscottes avec la confiture de pétales de roses que j'ai achetée à Iekaterinbourg.

Celle qu'on ne voit pas

Février 2020. À la gare de Iaroslavl, je regarde l'horloge suspendue au-dessus du quai 1A. Le départ est prévu pour 23h45. Un cône de lumière éclaire le train numéro deux, le Rossiya. L'éclairage est si intense que les cumulus se découpant dans le ciel sombre de Moscou prennent une teinte presque phosphorescente. Quelque chose d'irréel dans l'air aux environs de la gare me déstabilise. Autour de moi, une palette chromatique de décor de cinéma.

Ainsi éclairés, les wagons paraissent avoir des contours factices, mais la scène est bien réelle : ce train s'apprête à parcourir neuf mille deux cent quatre-vingt-huit kilomètres et à franchir huit fuseaux horaires sur une ligne mythique, et il est temps de monter à bord.

❧

Dans leur uniforme impeccable – bien droites dans leur longue parka marine lisérée de rouge, chapka en fausse fourrure noire inébranlable sur leur tête –, deux *provodnitsas* placotent près du marchepied du wagon numéro deux, dans lequel je voyagerai pour les prochains jours, allongée sur la couchette quatorze du compartiment quatre. Quand je tends mon passeport et mon billet, l'une d'elles me dévisage :

– Oh… nous avons une touriste canadienne ! Irkoutsk ? Vous allez voir le Baïkal ?

– Je vais y courir un marathon.

– Sur le lac ?

Elle roule des yeux en frissonnant, l'air de dire : la pauvre, la malheureuse.

J'aime les voyages en train. Je trouve mon compte dans la monotonie des paysages qui se rayent quand le regard fuit par la fenêtre. Je suis curieuse des autres voyageurs. Parfois, j'amorce la conversation. Il m'arrive de préférer rester dans mon coin, alors j'observe, je cherche à comprendre pourquoi ces gens se déplacent. L'intimité forcée a de beaux côtés. J'ai l'impression de participer à un mouvement commun, on dirait que le partage de l'espace intérieur du train qui file de gare en gare a quelque chose de nivelant, comme si nous étions tous plus ou moins dans la même aventure, solidaires dans la même classe de train. Les touristes en première ne sortent pas de leur wagon de première. Moi, je reste avec les miens. Je partage un compartiment à quatre couchettes, d'abord seule avec Nelly, une Russe à la carrure imposante, au visage doux, à la longue chevelure rousse. Elle a vécu toute sa vie à Irkoutsk et y retourne après avoir passé quelques jours chez sa sœur à Moscou. Celle-ci l'a accompagnée dans le train au moment du départ. Perchée sur la couchette supérieure de gauche, adossée près de la fenêtre, j'ai assisté à leurs émouvants adieux d'actrices bergmaniennes, tout en chuchotements. À Novossibirsk, au jour trois, Leonid est monté dans le train vers 22 heures C'est un vieux professeur de la Polytechnique d'Irkoutsk, un cartographe de l'Arctique. Il n'entend pas très bien, me prend constamment par le cou. Avant lui, à la gare d'Iekaterinbourg, au milieu de la première nuit, une autre passagère est montée et a occupé la couchette supérieure, face à la mienne. Une grande blonde discrète. Elle est passée comme une ombre, ne nous a pas adressé la parole, à Nelly et à moi. Le lendemain, à Ishim ou à Omsk, elle a bondi en bas de sa couchette et a disparu sans nous dire adieu.

À bord du Transsibérien, je suis la seule étrangère du wagon et je calque mon comportement sur celui des autres passagers pour apprendre les codes et les astuces. En quelques heures, je développe un sentiment d'appartenance, je m'attache à mon compartiment, ma couchette, mes compagnons de voyage, nos *provodnitsas*, Lena avec sa dent en or et Valentina, qui porte des pyjamas en coton fleuri la nuit.

En deuxième, on se mêle peu d'un compartiment à l'autre. Nelly, le cartographe et moi, nous restons entre nous. Tout au plus se lève-t-on pour se délier les jambes, aller vider sa vessie, se rafraîchir le visage, remplir sa tasse de thé. Une intimité s'installe. Nous nous montrons vulnérables, comme nous sommes. Avec les vêtements défraîchis, les visages ensommeillés, les cheveux négligés.

Nelly dort la bouche ouverte, la main posée sur son front et ses paupières, le visage dans un rayon de soleil, les jambes en chien de fusil. Le cartographe de l'Arctique revient des toilettes avec sa serviette autour du cou, bras nus dans sa camisole blanche qui lui moule la bedaine, chaînette et croix orthodoxe au cou. Les femmes se promènent sans maquillage, les paupières collées au matin. Pas de douche pendant plusieurs jours, nous traînons nos pantoufles dans le corridor, entre la cabine et le samovar ou les toilettes. On partage le thé et les repas, on vit dans un cocon de deux mètres carrés avec de parfaits étrangers.

❧

Ce matin, derrière le rideau, de très beaux paysages m'attendent. Le soleil jette une lumière douce et émouvante sur les vastes espaces blancs. On voit loin. Un tableau en plusieurs épaisseurs se compose avec parfois une cabane de bois isolée, puis des villages entiers de datchas succèdent à de vétustes bâtiments industriels crachant leur fumée noire. Des végétaux sombres se découpent sur un fond enneigé, lisse et spongieux de blancheur, où se mêlent des ombres grises et bleutées. En avant-plan, la fine silhouette de troncs plus frêles couverts de givre. Je suis hypnotisée par le halo qui rend leur écorce tantôt scintillante, tantôt presque transparente. Des convois de marchandises aux couleurs délavées passent, leurs carcasses oxydées occultent un moment le ciel, la clarté du jour.

Les couleurs glissent à la fenêtre. Blanc, azur, vert-de-gris, tabac, blanc sale, blanc pur, noisette, fauve, vieux rose, blanc encore. Des filaments hachurés. Tout s'étale à l'horizontale, impossible d'arrêter le regard en un point précis. Les immeubles, les clôtures, les lignes d'arbres apparaissent et disparaissent. Un petit moment de saccade, un rythme, une ponctuation du panorama. J'aime penser à un tressautement, un hoquet de paysage qui mène le ciel à l'horizon, l'horizon à la terre.

ANNA

Je me rendors après notre petit déjeuner. À mon réveil, Gaby s'est changée, elle a attaché ses cheveux. Elle se tient debout dans la lumière de midi, les épaules souples, la ligne des hanches bien stable, décalée vers la gauche. Penchée sur la table, si bien que je vois ses petits seins pointus par l'échancrure de sa chemise d'homme dont elle a retroussé les manches, elle mange avec délectation une orange. Elle plisse les yeux en suçant la pulpe à pleines lèvres. Je me dis que je n'aurai jamais l'audace et la grâce qui émanent d'elle. Si je déboutonnais un tel chemisier à mi-chemin de ma poitrine, j'aurais l'air vulgaire, négligée plutôt que décontractée. Elle me regarde en me tendant la serviette de papier sur laquelle elle a découpé le fruit. Je remarque un anneau très fin à son doigt.

– C'est joli, cette bague.

– Je prétends que je suis fiancée quand je voyage pour éloigner les importuns.

– Ça fonctionne ?

– Seulement à moitié.

Gaby détourne la tête vers la fenêtre, distraite par une ligne sombre qui s'inscrit dans le ciel. Une nuée de corbeaux contrariés par la course du train.

– Ce bijou appartenait à ma tante, c'est une vraie bague de fiançailles. J'en ai hérité parce que toutes les femmes de la famille pensaient qu'il porterait malheur.

Un oiseau a croassé à ce moment précis et on s'est regardées avec un demi-sourire, plus surprises qu'inquiètes par ce qui aurait pu avoir des allures de mauvais présage.

Gaby

« Je l'ai peu connue. Elle est morte quand j'avais huit ou neuf ans. Si j'ai bien compris l'histoire, ma tante Eleonore a renoncé au mariage parce qu'elle était follement amoureuse de Youri Gagarine. Évidemment, elle ne l'a jamais rencontré. Tout ça était un gros fantasme qui a pris des proportions inouïes. Un délire érotomane, selon les mots du psychiatre. Elle était complètement obnubilée par son cosmonaute, elle n'a pas vu que sa vie était en train de lui filer sous le nez. Pour ma famille, c'était très clair : l'histoire de Gagarine n'a été qu'un détonateur, le court-circuit qui détraque une tête fragile. Et elle a connu une fin atroce, quand j'y pense, j'en ai des frissons. Elle aurait mieux fait de se jeter en bas du Golden Gate. »

« Eleonore, c'est mon deuxième prénom. Ma mère n'aime pas parler d'elle, et ma grand-mère, encore moins. Selon ma mère, la tante que j'ai connue n'a rien à voir avec la jeune Eleonore. Une faille sismique avait découpé sa vie. Je me dis parfois qu'elle était trop exaltée pour son temps. On se méfiait des femmes libres. Si elle était née dix ou vingt ans plus tard, je crois qu'elle aurait pu mener la vie qu'elle voulait.

Dans ma famille, la passion de ma tante pour son beau cosmonaute a quelque chose de l'ordre de la légende. Avec les années, on ne sait plus très bien la part d'invention, d'exagération, de médisance, mais tous s'entendent pour dire qu'elle a gâché sa vie pour une lubie.

Plus j'entendais tout ça, plus ma fascination pour Eleonore Greenberg prenait de l'ampleur. Ma mère m'a laissée lire ses journaux intimes, mais il y avait des pages arrachées. On m'a affirmé que c'était Eleonore qui les avait retirées, mais je pense que ma grand-mère a dû censurer les passages qu'elle n'approuvait pas. Comme pour garder le contrôle sur l'histoire d'Eleonore jusqu'au bout, jusqu'après sa mort.

Il faut dire que ma grand-mère n'est pas une femme facile. C'est une fanatique des concours d'horticulture. On la surnomme Tough Lady, comme la sansevière, tu sais, la plante d'intérieur increvable qu'on appelle plante serpent ou langue de belle-mère avec ses longues feuilles pointues qui se dressent comme des couteaux. Chaque fois que je la vois, elle fait des commentaires sur ma taille de Viking. Ça suffit pour aiguiser sa méfiance à mon endroit, comme si un mauvais brassage génétique m'avait attribué tout ce qui n'allait pas avec Eleonore. À commencer par la taille d'un homme.

Je peux très bien imaginer ma grand-mère, une *freak* de l'ordre et spécialiste du coup de sécateur, élaguer un journal qui déborde de verve, d'idées audacieuses, de rêveries déroutantes. Comme si elle pouvait enfin dompter la fille qui lui avait tant résisté en retirant quelques pages fiévreuses et exaltées, donner au journal d'Eleonore la forme qu'il aurait dû avoir, contenir son feu en un petit tas de cendre aussi grise que la terre de sa roseraie. »

OUEST

« J'aurais pu continuer à voler
dans l'espace pour toujours. »

Youri Gagarine

Ocean Beach

C'est la plage de San Diego où se retrouvent les familles le dimanche. En semaine, elle appartient aux garçons qui surfent. Ceux qui ont les muscles tendus sous la peau bronzée, des sourires nacrés par l'eau de mer, les cheveux fous dans le vent de la côte californienne. On y mange des frites, on boit des sodas et de la bière, ça sent la friture et le sel près des baraques de plage. Le sable est grossier, on est ici pour la vague. Il y a ceux qui s'allongent pour bronzer et ceux qui s'occupent de fendre l'eau. Les immobiles et les mobiles, les engourdis et les dégourdis. Les corps à l'horizontale et ceux qui maîtrisent la verticale sur l'eau du Pacifique.

Depuis qu'elle a vu Linda Benson remporter du haut de ses quinze ans le West Coast Surfing Championship à l'été 1959, Eleonore Greenberg se précipite à Ocean Beach presque tous les matins et les après-midi après l'école pour observer les garçons sur leur planche. Pour son seizième anniversaire, elle supplie ses parents de lui acheter une planche de surf, mais leur refus est catégorique : pas pour les jeunes filles de bonne famille.

Eleonore

Le matin, juste avant que le soleil se lève, je sors du lit. J'aime m'étirer nue à la fenêtre comme si les dernières heures de la nuit et la lumière naissante du dehors n'appartenaient qu'à moi seule. J'enfile un maillot de bain et des vêtements de plage. Je prends une serviette que j'ai cachée sous mon lit et je sors par la fenêtre de ma chambre. Je saute sur le *carport*, me laisse glisser à un des quatre poteaux qui le maintiennent perché au-dessus de notre Ford familiale pour atterrir sans bruit, pieds nus sur l'asphalte encore humide d'un mélange de fraîcheur nocturne et de rosée. J'enfourche ma bicyclette pour me rendre à l'océan, les pointes métalliques des pédales qui piquent la plante de mes pieds achèvent de me réveiller.

Sans mettre les freins, je dévale la côte, la grande brise du Pacifique me fouette le visage, m'emmêle les cheveux, me gonfle le cœur. J'arrive presque toujours la première. Je nage en attendant les garçons qui bientôt se ramènent avec leur planche, acceptent de m'en prêter une l'espace de quelques vagues si je leur montre mes seins.

Sur la route

Banquette de cuir chauffée au soleil, cendrier à clapet métallique, c'est une grosse américaine conçue pour les familles nombreuses. Wilbert Greenberg est fier de la radio de sa Ford familiale, il joue du bouton chromé comme s'il s'agissait d'accorder une trompette.

Quand sa mère n'y est pas, Eleonore s'assoit devant et regarde la route qui défile sous trois angles, la route frontale dans le pare-brise, la route latérale par la portière et la route qui file derrière par le rétroviseur. Ça sent le tabac, le cuir, la cire à carrosserie. Ça sent l'homme qui a réussi, et Eleonore aimerait pouvoir dire avec la même joie que ses sœurs et ses amies quand elles s'émoustillent côté passager : « *I loooooove it!* »

Même si son père et ses oncles travaillent à la Standard Oil, qu'ils vouent à leur voiture un soin maniaque – on pourrait presque dire qu'ils en sont plus fiers que de leur progéniture –, Eleonore, elle, n'a jamais été une fille qui se pâme pour une automobile. Elle n'aime pas les habitacles, elle ne supporte pas d'être confinée, restreinte dans ses gestes. Elle aime le mouvement, la vitesse, le contact de l'air sur la peau, le vent qui bataille dans ses cheveux, les mèches qui fouettent ses joues, son front. Les jours de soleil comme les jours de pluie, elle va le visage au vent dans la ville, elle marche, elle pédale, elle court dans les rues de San Diego, mais plus pour très longtemps. À la fin de l'été 1960, la Ford Country Squire des Greenberg va mettre le cap vers le nord. Un camion de déménagement chargé de leurs possessions les précède sur l'Interstate 5.

Chez les Greenberg, San Francisco

L'idée vient de la mère, mais c'est le père qui prend le rendez-vous pour Eleonore. Le matin du 19 juin 1962, madame Greenberg prépare pour monsieur Greenberg une omelette jambon-fromage, la saupoudre d'oignons verts tranchés en rondelles fines. Dans une autre poêle, elle fait revenir deux œufs qu'elle dépose dans l'assiette d'Eleonore aux côtés de toasts tranchés en triangles qu'elle beurre pour sa fille, même si celle-ci lui dit qu'elle n'est plus une enfant.

Elle lui verse du café en lui murmurant que tout *cela* est pour son bien, que *cela* ne peut plus durer. Puis s'acharnant à frotter, la laine d'acier plongée dans l'eau de vaisselle, elle lui répète deux fois, avec la poêle puis le couteau brandis au-dessus de l'évier, qu'elle ferait mieux de manger avec plus d'appétit, qu'on ne sait pas, que peut-être qu'après ce rendez-vous elle se sentira faible et que la nourriture ne passera pas très bien. *Elle ne passe déjà pas.* Eleonore marmonne sans que sa mère entende, sa voix enterrée par le jet d'eau dru dirigé sur la spatule suintante d'œuf. La fille enfonce la lame de son couteau et crève le cercle jaune luisant d'un de ses *sunny side up* d'une incision en parfaite diagonale.

Sur la porcelaine fleurie – des roses victoriennes, quoi d'autre ? –, elle anticipe le trajet de la coulée visqueuse en pensant à un soleil qui explose et inonde ses *hashbrowns*.

Pendant que son père se rase dans la salle de bains, elle se poste près de la *bay-window* du salon, résignée. La roseraie s'étend du trottoir jusque sous la fenêtre du 12 Sea Cliff Avenue. Les roses tendent leurs têtes charnues et s'étiolent jusque chez le voisin qui, lui, préfère les pelouses tondues à ras et traitées avec un herbicide miracle nouvellement introduit sur le marché. Il vente fort aujourd'hui, une météo d'ouragan ou de cyclone. Eleonore se surprend à espérer quelque chose comme une catastrophe naturelle, un séisme qui reporterait ou annulerait à jamais son rendez-vous, déracinerait cette roseraie écœurante avec son feuillage vert tendre et ces boutons cramoisis.

Quand cesse le moteur du rasoir électrique, elle sort et se dirige vers la Ford où elle attend, accoudée sur la carrosserie brûlante, que son père, rasé de près, les joues luisantes d'after-shave et la cravate parfaitement nouée sur son gros cou à vif, vienne lui ouvrir la portière. *Eleonore, tout ira bien, ne t'inquiète pas, c'est un des meilleurs du pays. Lui seul peut changer ta vie, il faut saisir cette chance.*

Eleonore

Je ne suis pas comme les autres filles qui se pâment pour Elvis Presley. Je sais faire du tricot, de la broderie, je peux farcir une dinde, monter des blancs en neige et pocher un poisson, mais je ne prends plaisir à aucune de ces activités. Je ne me passionnerai jamais pour les parterres fleuris comme ma mère. Depuis que mon père a été muté à San Francisco, elle tente de recréer sa roseraie de San Diego dans le jardin devant notre nouvelle maison.

Je m'ennuie du Sud. Dans cette ville de brouillard, la chaleur et le surf me manquent. J'ai dans la peau cet art de l'équilibre comme d'autres la danse. Le moment où l'océan m'emporte me grise, mais ici c'est encore plus difficile de surfer. Ma mère me répète que ces eaux froides sont pleines de requins, elle craint que je m'abîme le corps. Je suis pourtant capable de me concentrer aussi bien que les autres surfeurs, de vaincre les eaux comme eux, je sais percevoir le moment où il faut se mettre debout, se tenir le corps dans le bon angle, se laisser porter, fendre l'air, garder les pieds bien ancrés. J'ai parfois envie de lui crier que ce corps m'appartient, que je ne suis pas un de ses rosiers qu'elle taille avec ses gros sécateurs pour en contrôler l'allure et en juguler la vigueur. Mais on ne parle pas ainsi à sa mère.

Je suis grande et les hommes regardent mes jambes partout où je vais. Quand je traverse une pièce, je croise les jambes et ondule comme on me l'a appris, mais au fond de moi j'ai l'impression que mon corps se meut sans que j'approuve sa démarche. Je voudrais me départir de ces mouvements gracieux et bouger comme celles à qui on n'a pas appris les bonnes manières. Je devine ce que mes frères, mes sœurs, mon père, ma mère disent dans mon dos.

Can't help falling in love. C'est ce qui joue à la radio ce printemps-là. Et c'est ce que je me chante le soir quand je pense à Youri et au jour où je pourrai enfin me plonger dans ses yeux. Je m'endors en imaginant que je caresse ses belles mains posées sur son casque de cosmonaute. Je dors peu.

Like a river flows
Surely to the sea
Darling, so it goes
Some things are meant to be
Take my hand
Take my whole life, too
For I can't help falling in love with you
For I can't help falling in love with you

Chez les Greenberg

La cérémonie est prévue pour le 22 juillet 1961. Les faire-part sont envoyés. Eleonore est en train d'enfiler la robe devant le miroir de sa chambre quand elle prend sa décision. Elle se regarde dans ce drapé blanc comme neige, un modèle échancré sur les épaules, rien à voir avec le col de dentelle montant de Grace Kelly quand elle a épousé le prince de Monaco. Le décolleté est serti de fausses perles sur la poitrine. Une traîne froncée lui enserre les jambes comme si elle était une sirène ou un long collier de chair dans un écrin de taffetas blanc. Ce qui lui vient en tête, c'est que cette robe est un cachot, chaque petit bouton nacré, un verrou.

Les jeunes filles d'honneur ne parlent que de cela depuis des mois, de ce jour d'été où elles se dandineront dans leur robe lilas, fleurs au poignet. Elles montrent à Eleonore en moulinant leurs bras dans l'air la forme compliquée du chignon qu'on réalisera dans ses cheveux. Leurs yeux brillent quand elle mentionne le nombre d'épingles qu'il faudra piquer dans ses boucles laquées pour maintenir en place la voilette de dentelle. Elles ont la même en lilas et en format plus discret, l'une d'elles lui raconte que chaque soir elle la dépose sur ses cuisses et la caresse dans l'attente des beaux jours. Eleonore se dit que, du lot, elle est la moins enthousiaste.

James a demandé sa main à l'automne. Elle le connaît depuis la cour d'école. Il est le fils d'un collègue de son père, chaque année au souper de Noël de la Standard Oil, on lui vante en long et en large les exploits accomplis par James au cours des douze derniers mois, tant au football qu'au collège où il excelle. Elle a tout su de l'achat de sa première voiture, de sa promotion au sein de la compagnie pétrolière, où il travaille pendant les vacances d'été, rêve d'un vaste bureau avec vue sur la baie de San Francisco.

Grand, le visage enfantin, le regard assuré du jeune homme qui n'a jamais manqué de rien, un sourire carnassier comme tous ceux de son entourage pour qui le poste prestigieux dans une multinationale ne fait pas de doute, tout comme semblent tracées d'avance les années à venir, la charpente de la maison à étage qu'il compte choisir pour Eleonore et lui, devant laquelle il va garer une voiture de l'année qu'il aura achetée sans lui demander son avis, la laissant décider des tentures et du coloris de l'électroménager. En fermant les yeux, alors qu'elle se tient crispée dans cette robe qui lui coupe le souffle, la future mariée imagine James Smith debout sous un *carport* en tous points pareil à celui de la Sea Cliff Avenue, posté là tous les dimanches après-midi des cinq décennies à venir, à nettoyer au tuyau d'arrosage son véhicule des flancs jusqu'aux pneus, avant de le cirer au chiffon avec des gestes désespérés.

Elle entend parler de lui pour la première fois dans le *San Francisco Chronicle* du 12 avril 1961. C'est écrit en toutes lettres : « *MAN IN SPACE! HE'S BACK – ALIVE.* » Ce jour-là, le visage doux de l'homme revenu de l'espace a couru sur tous les bélinographes de l'univers. Plus tard, elle le voit sur pellicule dans les actualités du

Telenews juste avant le programme principal du cinéma Esquire, sur Market Street. Une redingote militaire lui couvre le corps jusqu'aux chevilles. Coiffé de sa belle casquette ornée d'un aigle, il marche avec assurance sur le grand tapis rouge déroulé devant lui à l'aéroport de Moscou. Il rayonne pendant le salut militaire, la main fermement positionnée en une diagonale de fer à la hauteur de son front, là où les désespérés appuient parfois un revolver. Voici un homme qui en mène large. Eleonore ne peut imaginer sur son visage que joie et triomphe. Comme des fusées, les étincelles dans son regard crèvent le ciel de Moscou, prennent de l'altitude et viennent se loger, après avoir traversé dix fuseaux horaires, directement dans la pupille de la jeune Eleonore.

Dans un élan viril méconnu à l'Ouest, tant pour elle que pour tous ceux qui regardent l'écran avec étonnement, Khrouchtchev étreint Gagarine et l'embrasse à la russe sur la bouche. Elle dira plus tard dans le cabinet du docteur Weise : « Quand j'ai vu son sourire, sa poignée de main si naturelle face aux dirigeants soviétiques, j'ai su que c'était le mien… j'ai su avec certitude que je lui offrirais mon cœur, à lui et à personne d'autre. »

Sous les lattes de son sommier, elle cache les exemplaires cent fois consultés du *Life* et du *Time Magazine* du 21 avril 1961 qu'elle a achetés pour vingt sous. Youri Gagarine impose par sa prestance. Sur certaines images, il a retiré son casque de cosmonaute, qu'il tient fermement coincé sous le bras, sur d'autres, il porte avec panache sa casquette, avec d'immenses gerbes de fleurs sous le nez. Dans son cerveau d'adolescente rêveuse, Eleonore apprend par cœur les détails de son anatomie – la ridule au coin de l'œil, la forme des lèvres coquinement retroussées aux commissures, la carrure des épaules, le bout des ongles propres et limés –, non pas comme on regarde une star de cinéma, mais pour en restituer une part métaphysique, cosmique : ce corps-là a fait le tour de la Terre, ses yeux ont vu ce que personne d'autre n'a vu, et c'est également, à n'en pas douter, l'homme qu'elle va épouser un jour. Son Youri, son homme, héros de l'Union soviétique.

Quand elle apprend qu'il est déjà marié et qu'il a deux petites filles, c'est trop tard, elle est déjà envoûtée. Ce sera lui ou personne, car personne ne lui arrivera à la cheville, *niet*, elle n'en démord pas. Quand elle le voit sourire, c'est plus fort qu'elle, elle sourit aussi, illuminée par son visage si doux. Quand il lève le bras pour saluer les hauts dignitaires, son émotion atteint des sommets. Elle a la larme à l'œil, elle a la tête à Moscou, un énorme désir de passer ses mains sur sa poitrine, de caresser toutes ces médailles épinglées dans le feutre de sa veste qui lui va si bien. Eleonore en est persuadée : un jour, il prendra ses mains dans les siennes, les portera à sa bouche, c'est écrit dans le ciel.

Seules les jeunes filles qui ont connu l'appel de Dieu peuvent comprendre l'exaltation qu'elle ressent à sa vue. Sa propre existence ne lui importe plus, toutes ses pensées sont pour son héros de l'espace. Elle mène deux destinées en même temps et rien ne surpasse celle qui illumine son cerveau : sa vie avec Youri, son amour pour Youri, la voix joyeuse de Youri, les beaux yeux rieurs de Youri, les mains de Youri qui touchent les siennes, ses doigts qui se glissent dans sa chevelure, qui tracent un chemin sur sa joue, partent de la tempe, à la naissance des cheveux, jusqu'à aller caresser ses lèvres. Dans sa trame parallèle, elle parcourt avec ses doigts les contours du sourire tendre que le cosmonaute lui adressera un jour. Elle nourrit des scénarios fleur bleue sans croire une seule seconde qu'ils pourront faire patate.

Clinique du docteur Weise, San Francisco

Le 6 septembre 1961, monsieur Greenberg se gare devant le 401 Parnassus Avenue. La pierre de l'immeuble est aussi grise et froide qu'Eleonore l'avait imaginée. À la réception, une dame aux joues fripées les accueille d'une voix forte, son regard fixé entre le père et la fille, à hauteur d'épaules, évitant tout contact visuel. Elle ouvre un dossier au nom d'Eleonore Greenberg, née le 4 juillet 1944. « La fête de l'Indépendance », commente-t-elle.

Eleonore a dans les cheveux des reflets des jours passés sous le soleil, du sable et du sel se mêlent à ses mèches décolorées. Sa peau arbore des teintes de crème glacée, caramel sur les cuisses et fraise sur les joues et le bout des oreilles. De tous les patients assis dans la salle d'attente de l'hôpital psychiatrique de San Francisco, elle est de loin celle qui a la meilleure mine. Son regard gris n'a rien à voir avec les iris éteints des autres prunelles, c'est un gris de lame de scalpel, décisif et scintillant.

Celle qu'on ne voit pas

« Si on ouvrait les gens, on trouverait des paysages. Moi, si on m'ouvre, on trouvera des plages », affirme Agnès Varda dans *Les Plages d'Agnès.* On peut imaginer que d'autres contiennent des forêts, des îles volcaniques, des geysers, des déserts polaires. Moi, si on m'ouvre, on trouvera un lac. Je n'ai aucune hésitation sur mon paysage intérieur : liquide.

La fois où, après avoir été témoin d'un suicide à Valence, en Espagne, je consulte une thérapeute et qu'elle me demande d'imaginer un « lieu sûr », réel ou imaginaire, un ancrage mental où me réfugier si le souvenir perturbateur dont je m'apprête à faire le récit devient trop envahissant, là encore, je n'ai aucune hésitation : mon lieu sûr est le lac Champlain. Ma baie Missisquoi. Mon lac, mon refuge. Tantôt calme, tantôt agité comme une mer, je peux en un mouvement de paupières accéder à ses grands vents, à sa lumière, à son relief. Je ne me lasse pas de ses ciels incandescents, de ses escarpements de falaise bordée de cèdres centenaires.

Après avoir entendu le psychiatre Bessel van der Kolk, spécialiste du stress post-traumatique et des approches thérapeutiques axées sur le mouvement corporel, expliquer à la radio que le corps n'oublie rien et que certaines expériences bouleversantes s'impriment en nous au-delà de ce que les thérapies par la parole peuvent atteindre, j'aboutis sur le site d'EMDR Canada. Intriguée par ce que je lis sur le *Eye Movement Desensitization and Reprocessing* / Désensibilisation et retraitement par les mouvements oculaires, j'effectue une recherche de thérapeute. J'entre mon code postal, je coche la case « À moins de 5 km » et, pour des raisons de proximité géographique, mon choix s'arrête sur une psychanalyste européenne qui porte le même prénom que moi. En me disant que je ne perds rien à essayer, je prends rendez-vous.

Au bout de quelques séances où je lui déverse mon flot de paroles avec l'énergie d'un cyclone, elle estime que je suis prête et me propose de m'asseoir sur une chaise d'enfant comme on en trouve dans les classes de maternelle. Nous sommes toutes deux presque accroupies près du sol. Elle rapproche sa chaise minuscule de la mienne, se penche vers moi, me parle avec douceur à quelques centimètres du visage. Je peux sentir son parfum, la tiédeur de son souffle. Elle me demande de suivre du regard son index selon le protocole EMDR développé par la psychologue américaine Francine Shapiro. Avec des mouvements oculaires rapides et des surgissements de lac, sans que je puisse expliquer comment exactement, je me désensibilise, m'apaise.

Dans les jours qui suivent, je me sens comme si on m'avait arraché une molaire infectée : ce qui m'accablait a été remplacé par un petit espace vide, siphonné de ce qu'il a contenu de douleur.

Walter Freeman

« *For people who know what they're after* », vante le slogan de Clark Cortez Motorhome l'année où Walter Freeman se lance dans ce qu'il appellera son Great Man-Hunt de 1968 à bord de sa roulotte. Celui que le *New York Times* surnommait jadis « le chirurgien de l'âme » connaît de son propre aveu une phase de déclin. Il vient tout juste de fermer la clinique qu'il loue à Los Altos, a vendu sa maison et, pour se consoler, a acheté un Cortez Class-A 1967, équipé d'un classeur en acier laqué à tiroirs coulissants pour ses trois cent cinquante livres de dossiers, d'une cuisine compacte et d'une salle de bains encore plus compacte aux murs en panneaux de Formica *white sequin*. Un modèle similaire au véhicule Cortez légèrement modifié par la NASA, l'Astrovan, qui transportera dans quelques mois les astronautes du programme Apollo vers le complexe de lancement 39, au Centre spatial Kennedy.

À bord, Walter Freeman embarque un habit de plongée en caoutchouc, un radeau de sauvetage et des cannes à pêche, un grand sac à dos pour la randonnée, de même que son appareil photo et sa machine à écrire. Et, bien sûr, son dictaphone.

« Ici Walter Freeman, M. D., Ph. D., 9 mars 1968. J'ai soixante-douze ans maintenant et je voyage à travers le pays. Au cours des quatre dernières semaines, j'ai parcouru sept mille milles à la recherche des patients que j'ai opérés pour voir comment ils se débrouillent, de deux à trente ans après leur lobotomie. »

Sept mille milles, ce n'est rien pour celui qui dans les six premiers mois de 1969 ajoutera au compteur de son Cortez vingt-deux mille milles. Inspiré par sa tante Florrie, qui, à quatre-vingt-onze ans, part faire un tour du monde en solitaire pour hélas rendre l'âme à Hong Kong, Walter Freeman ne redoute pas la route et il n'en est pas à sa première aventure en *motorhome*. Déjà, en 1936, il attachait à sa V8 Ford une roulotte York Senior Cruiser, équipée de lits superposés, d'un canapé-lit, d'une glacière et d'une cuisinette pour un périple inaugural vers le Yellowstone National Park avec quatre de ses enfants. Son épouse Marjorie, déjà enceinte d'un sixième enfant, était restée à la maison avec le bébé. L'été suivant, la famille Freeman traverserait la Nouvelle-Angleterre vers les provinces maritimes canadiennes jusqu'à l'Île-du-Prince-Édouard, et une vache dévorerait le maillot de bain à pois jaunes et violets de Marjorie. En 1938, on irait vers l'ouest en s'arrêtant en chemin selon un itinéraire organisé pour assister aux réunions annuelles de nombreuses organisations médicales. Au fil des ans, avec ses enfants, par la suite ses petits-enfants ou carrément seul à la fin de sa vie, Walter Freeman sillonnerait l'Amérique du Nord d'est en ouest, poussant jusqu'en Floride et même à Mexico, et vers le nord aussi dans les Rocheuses.

« Je suis comme n'importe quel chasseur lancé sur une piste, je perds la notion du temps et de la distance », note-t-il dans son journal.

S'il sillonne l'Amérique à la recherche obsessionnelle de ses anciens patients pour leur parler et les photographier, c'est aussi pour prouver que la lobotomie n'a pas été qu'une catastrophe médicale, une destruction du cerveau « aussi subtile qu'un coup de feu dans la tête ».

ELEONORE

La nuit, Eleonore s'allonge sur les bardeaux de cèdres du *car-port* pour contempler l'immensité du ciel noir. Son Youri a volé là-haut. Elle ressent au cœur un pétillement, de petites bulles comme celles des boissons gazeuses lui montent à la tête quand elle tente, mains derrière la nuque, genoux pliés à quarante-cinq degrés, de restituer l'immensité du cosmos et l'orbite parcourue par le Vostok.

Elle peut tisser cette histoire pendant des heures. De la rencontre des regards aux premiers mots échangés, elle pousse le récit jusqu'au moment où il passe son bras autour de ses épaules. Youri parle peu, il se contente de sourire et de l'embrasser. C'est elle qui s'enflamme avec les mots. Un vrai feu de brousse. Des phrases s'enroulent dans sa tête, c'est un dialogue qu'elle apprend par cœur entre elle et lui. Elle lui parle de la Californie, du désert, des roses et des vagues d'Ocean Beach. De fois en fois, son discours s'étoffe, elle y met de la poésie et du piquant, de l'intensité, des moments suspendus où ses yeux se brouillent. Le jour où elle pourra enfin se trouver face à Youri Gagarine, elle le sait, elle laissera tout cela affluer, ce sera encore plus émouvant et saisissant qu'une scène de cinéma. Elle tiendra le rôle de la femme libre et amoureuse, il sera le héros de l'espace conquis.

Sur la route

Le soleil darde le pare-brise. Un haut-le-cœur nerveux saisit Eleonore quand elle se demande ce qu'elle va bien pouvoir raconter au docteur Weise pour meubler la séance. Elle passe ses doigts le long des plis de sa robe, lisse le tissu sous ses cuisses moites collées au cuir de la banquette, ajuste les bretelles de son soutien-gorge, gonfle d'une main les bouclettes sur sa nuque, tord sa bouche pour humidifier son rouge à lèvres. Elle ne s'explique pas pourquoi elle est si soucieuse de son apparence quand elle se rend à l'austère cabinet du docteur Weise. Il est pourtant moche et laid, il la regarde à peine, par ailleurs.

Elle visualise à l'avance comment cela va se passer. Dès que le psychiatre ouvre la porte, elle devient consciente de sa manière de se lever, de défroisser sa jupe, d'avancer dans le corridor, d'entrer dans le cabinet avec un visage fuyant. Elle prépare un sourire poli, comme il se doit.

Crispée, Eleonore garde la tête tournée vers la portière. C'est une route qu'elle connaît depuis déjà quelques mois, l'asphalte brûlant des mercredis après-midi, sensiblement toujours le même ciel, une humidité suffocante dans le fond de l'air. Tandis qu'ils contournent le Golden Gate Park, Eleonore dissémine dans le feuillage des grands arbres aux troncs noueux ses sempiternelles pensées sèches de milieu de semaine : elle ne veut pas arriver à destination, son corps tout entier est sur le qui-vive à l'idée d'être là-bas, de rouler vers ce rendez-vous hebdomadaire où l'on sonde sa tête et ses pulsions en la questionnant sur ses jours, le choix des mots qu'elle emploie, ses contradictions et ses obsessions.

Dans le cabinet, on remarque d'abord le grand fauteuil en chêne. Le patient curieux peut ensuite, comme Eleonore, s'attarder aux babioles posées sur la table revêtue de cuir capitonné. Un tampon encreur, des piles de dossiers, quelques stylos, un carnet marron, un cendrier. Une carafe, un verre. Le journal du jour. Un presse-papiers, des enveloppes, un cadre doré avec une épouse et deux enfants qui ne sourient pas sur papier huit et demi onze glacé. Un petit calendrier de table marque le jour en caractères noirs sur carton crème : 4 octobre 1961.

Au-dessus de cette table, à travers quelques mèches grises et broussailleuses, on peut apercevoir des bouts luisants du crâne du docteur Weise. Le psychiatre porte des montures écaille de tortue qu'il fait glisser souvent vers ses yeux minces en forme de pistaches fendues. Son pantalon boudine sur ses cuisses, mal retenu par une ceinture large qui rassemble à la taille – qu'il a plutôt maigrichonne – des pans de tissu plissés en accordéon comme des rideaux ou des éventails de papier.

Quand le docteur Weise se lève, c'est pour désigner d'une main et d'un sourire sec le fauteuil qui lui fait face : « Assoyez-vous, je vous prie, mademoiselle Greenberg. »

Eleonore

Ils me regardent, découragés. On ne peut pas aimer un homme qu'on n'a jamais rencontré et qu'on ne rencontrera jamais. Je leur dis que plein de femmes sont tombées amoureuses de soldats qu'elles n'avaient pas rencontrés. Et que les soldats, après avoir lu leurs lettres, ont fini par les demander en mariage.

Je ne sais pas comment vous expliquer ça, docteur Weise. Ce n'est pas que je n'aime pas James. J'aime James. J'aime bien James. Je croyais que j'aimais James. Quand je pensais au mariage, je me disais que c'était une bonne chose, que j'avais de la chance. James est un homme bien. C'est la vie dont rêvent les jeunes filles. Pourtant, je ne m'enflamme pas. Le volcan reste tranquille dans ma tête et dans mon ventre. Quand il s'approche pour me tendre la main, quand il me sourit, quand il m'ouvre la portière de sa voiture, je me force désormais pour lui laisser croire que j'aime qu'il me conduise sur Great Highway ou sur Skyline Boulevard.

C'est triste à dire mais, à la minute où j'ai vu Youri Gagarine au micro de la BBC, le sourire de Youri Gagarine, j'ai regretté que James ait demandé ma main à mon père, j'ai maudit les robes lilas et les voilettes choisies par mes cousines, j'ai su que ce mariage n'allait pas être possible, qu'il vaudrait mieux faire marche arrière, prendre la fuite dans le pire des scénarios. J'ai attendu des semaines avant de dire à James qu'il fallait annuler les noces, que je ne saurais pas prononcer le « Oui, je le veux » qu'il attendait de moi. Mon père, de concert avec James, m'a obligée à venir vous rencontrer, vous devez, docteur Weise, me faire entendre raison, c'est bien là leur demande, n'est-ce pas ?

Alors qu'avec Youri, c'est comme si une joie montait en moi. C'est un sourire plus large, un ravissement intense qui m'envahit, c'est incontrôlable. Oui, c'est ça, c'est plus fort que moi. Je suis vaincue par cette obsession. Youri détourne mes pensées, il occupe ma tête à toute heure du jour. J'en oublie James. Jamais James n'a été présent de la sorte, je veux dire présent dans ma tête. Quand James est là, je l'apprécie. En son absence, je ne pense pas à lui, je pense à Youri. Youri Gagarine l'a complètement éclipsé. James me semble terne à présent. Je préfère la vie que je m'invente avec Youri, que je construis quand je m'assois à la fenêtre, quand je m'allonge dans mon lit le soir, quand la voiture roule vers la mer.

C'est ce qui me rend heureuse, penser à Youri, passer mes mains dans ses cheveux, répondre à son sourire, l'écouter me parler du ciel et de la Terre, du cosmos. Cette trame parallèle n'a rien à voir avec la réalité peut-être, mais moi, j'y crois. La rêverie me convient. La réalité me semble fade. Je ne vois pas où est le problème. Ce que j'invente dans ma tête ne regarde que moi. Ce n'est pas un crime que de laisser ses pensées divaguer, et elles peuvent bien divaguer jusqu'en URSS, jusque dans le cosmos, si c'est ce que je veux.

Son visage sous son casque, son salut si noble, son sourire discret et confiant alors qu'il prend la parole au micro. Moi allongée à ses côtés, la tête au creux de son épaule. Je ferme les paupières. Le voici dans sa voiture, sa rutilante Tchaïka noire à l'intérieur bleu ciel, il me regarde les yeux brillants, me dit que ma robe vert menthe me va à ravir. Je m'assois à ses côtés, je dis : « Youri, partons loin d'ici. » Il donne un coup de volant. Ses bras sont bronzés, son menton pointe vers le pare-brise. Aucune arrogance, il affiche seulement son air confiant d'homme qui sait où il va, qui ne craint pas les changements de trajectoire, les routes sinueuses.

Le soir, dans ma chambre, les draps remontés jusque sous ma poitrine, je roule dans le désert avec Youri Gagarine et mon ventre se gonfle de volupté.

Walter Freeman

À vingt-huit ans, le neurologue est le plus jeune directeur de laboratoire de l'histoire de l'hôpital Saint Elizabeths à Washington D. C., vaste établissement psychiatrique anciennement connu sous le nom de Government Hospital for the Insane, le premier du genre à appliquer les préceptes élaborés par Thomas Kirkbride dans son ouvrage pour des soins plus humains. Construit en forme de chauve-souris sur un terrain de trois cent cinquante acres surplombant la rivière Anacostia, il déploie son architecture imposante en plusieurs ailes psychiatriques réparties avec la symétrie d'une formation en V, comme une volée d'oiseaux. Dans le bâtiment central, chaque patient devait à l'origine avoir sa propre chambre avec une vue sur la nature, mais dans l'entre-deux-guerres, comme beaucoup d'autres hôpitaux publics, l'institution est en crise et connaît des années de déclin. Quand Walter Freeman commence son mandat, on y trouve cinq mille personnes entassées comme dans un entrepôt, souffrant de dépression agitée, de démence et de psychose, « dont la vie ne va nulle part, n'ira nulle part ».

Depuis la fin du dix-neuvième siècle, on pratique à Saint Elizabeths l'hydrothérapie. On allonge les malades mentaux enveloppés comme des momies dans des couvertures humides. On les plonge dans des bains tièdes ou glacés, ou on leur administre des douches : à l'eau chaude pour calmer les patients plus maniaques et les insomniaques ; à l'eau froide pour stimuler les patients plus catatoniques ou mélancoliques qui ont besoin de se réveiller.

Dans les années 1930, les chercheurs commencent à expérimenter un certain nombre de thérapies de choc destinées à reprogrammer les circuits dans le cerveau de patients atteints de troubles psychiques. Certains ont été amenés au bord de la mort par une surdose intentionnelle d'insuline. D'autres reçoivent du métrazol, qui déclenche des crises si violentes que les patients en ont les vertèbres ou les jambes fracturées.

On a recours pour la première fois à l'électrochoc, une technique mise au point par le neuropsychiatre italien Ugo Cerletti, dans les années 1930, après sa visite d'un abattoir où il observe des porcs recevoir des décharges électriques et convulser avant d'être égorgés.

Pour Walter Freeman, les thérapies de choc prouvent que la maladie mentale résulte d'un défaut quelque part dans le cerveau, et il veut être celui qui le trouvera. Considérant le thalamus comme le siège de la personnalité et des émotions humaines, il postule que les hallucinations, les sentiments de dépression, les pensées suicidaires, l'anxiété sont le résultat d'impulsions émotionnelles trop fortes atteignant les lobes frontaux. En coupant les émotions associées aux idées délirantes, on soulagerait la souffrance psychique.

Il s'intéresse aux travaux du neurologue portugais Egas Moniz, qui, en 1935, développe la leucotomie, pour laquelle on lui décernera en 1949 le prix Nobel de médecine. La procédure consiste à percer une paire de trous au sommet du crâne et à enfoncer un instrument tranchant dans le tissu cérébral afin de sectionner la matière blanche du cortex frontal, décrite comme « aussi molle que du beurre chaud » par James Watts, le collègue neurochirurgien auquel Freeman s'associe pour reproduire l'intervention sur le sol américain, n'ayant pas de licence pour pratiquer lui-même la chirurgie.

Rose

Notre mère dit que ma sœur Eleonore fait toujours le contraire de ce qu'on attend d'elle, même le jour de ses noces. Elle nous l'a répété toute notre enfance : elle vient d'une famille où on ne remet rien en question. Elle se désole qu'une de ses filles pousse comme une mauvaise herbe, récalcitrante, farouche, déterminée, incontrôlable. Elle sait pour le surf et les rêves ambitieux d'Eleonore, mais elle est dépassée par la force vive de cette enfant insaisissable. « Une flamme d'allumette », soupire-t-elle. Quand elle nous regarde à la table de la salle à manger, elle dit à notre père : « Ça se voit jusque dans leurs cheveux, Eleonore aux mèches en bataille, brûlées par le soleil, et Rose au chignon sage, parfaitement épinglé sur son crâne. »

Glaçons, Schweppes, limette, ma mère se sert chaque soir un gin tonic. Elle le boit devant la *bay-window*, seul moment où elle contemple sa roseraie sans s'y affairer. Elle fait tinter la glace dans son verre, crispe les doigts et la mâchoire. Son regard est dur et découragé quand elle balaie des yeux l'étendue de son jardin de roses. Je ne crois pas qu'elle en savoure la beauté. On m'a prénommée Rose en raison de la passion florale de ma mère, qui, depuis les premiers jours de son mariage, participe à des compétitions de cultivars rares, à des concours de jardins, de devantures fleuries.

Des épines et des têtes colorées, une odeur qui exalte et écœure, des tiges qu'il faut tailler et attacher. C'est comme si elle avait planté cette roseraie pour avoir des raisons de pester et de se plaindre de son sort. Elle prépare des mixtures, maudit les autorités municipales lorsqu'une coupure d'eau survient, assiste impuissante à la déshydratation de ses roses, pleure à chaudes larmes sur ses rosiers desséchés, leurs pétales aux bords brûlés.

Sa roseraie est un combat à mener, tout ce travail pour éloigner les pucerons, et les égratignures sur ses bras et ses mollets comme des stigmates pour témoigner de son calvaire.

Walter Freeman

Observations sur la table d'opération

Madame V. A., cas 83, est une femme anguleuse et rigide, qui, selon son médecin traitant, « a toujours dû être manipulée avec des gants de soie ». Elle a fait des études collégiales, s'occupe de sa maison d'une manière têtue, est raide avec son mari et ses deux enfants et va à l'église assidûment. Délire obsessionnel et paranoïaque. Son mari a trouvé un marteau caché sous son oreiller.

Six traitements au métrazol ont été administrés en décembre 1940, amélioration considérable. Un degré modéré de tension subsistait toujours, qu'elle évacuait en marchant de cinq à quinze milles par jour. Divers petits événements tels qu'un commis d'épicerie l'appelant par son nom, un homme la regardant « comme si j'avais volé un magasin », une tendance inhabituelle à rougir et ainsi de suite lui ont fait croire qu'elle était soumise à une persécution indéfinissable. Elle a commencé à perdre le sommeil et à téléphoner à ses médecins deux ou trois fois par jour.

Le 19 mai 1941, lorsqu'on lui a brusquement présenté le choix d'une lobotomie préfrontale ou d'un hôpital psychiatrique, elle s'est indignée, a arpenté la pièce et a tapé du pied. Son visage est devenu rouge. Une fois la crise passée, elle a fait son choix et s'est rendue à l'hôpital, où elle a été opérée le jour suivant.

Les quadrants du lobe frontal ont été sectionnés dans l'ordre suivant : en haut à gauche ; en bas à gauche ; en haut à droite ; en bas à droite.

Pendant l'opération, la conversation suivante a été enregistrée :

– Quelle est la signification de ce nombre… 1861 ?

– Guerre civile.

– 1066 ?

– Guillaume le Conquérant.

– 5280 ?

– Pieds dans un mille.

– 99,44 % ?

– Le savon Ivory.

– 54° 40' ?

– Ne me dit rien.

– 57 ?

– Le ketchup Heinz.

– 13,9 ?

– Rien au monde.

– -273 ?

– Arrêtez de plaisanter, docteur Freeman.

– 1028 ?

– Rien du tout.

– 666 ?

– Une publicité au bord de la route. Docteur, il y a une douleur à l'intérieur de ma tête, sur la droite. Éloignez cette chose de mon nez ! Ne la tirez pas vers le bas. Tirez-la vers le haut et laissez-la en place. Merci.

Chez les Greenberg

Les Greenberg voudraient que leurs filles deviennent infirmières ou secrétaires. Eleonore, elle, rêve d'être pilote ou astronaute, même si on lui répète que ce ne sont pas des métiers pour les femmes. Elle rétorque qu'en Union soviétique les femmes font les mêmes métiers que les hommes et on se moque d'elle en la traitant de communiste et d'ennemie de la nation, en lui disant que, si elle continue de se pâmer pour ce Gagarine et d'apprendre le russe, le FBI finira par venir l'interroger et la soupçonner d'espionnage.

Eleonore ne détesterait pas devenir espionne, pourquoi pas? Elle ne dirait pas non à une vie d'aventure et de danger, de secrets et de discrétion, de prises de risque, de froid maniement des armes et de dossiers ultraconfidentiels. Même que cela lui plairait beaucoup plus que de taper à longueur de journée sur une machine à écrire et d'apporter des cafés à des hommes qui gagnent dix fois son salaire, sans gêne aucune, pas même celle de dissimuler la convoitise dans leur regard quand ils la reluquent.

Rose, elle, attend avec impatience d'entrer à l'Institut de secrétariat. Elle regarde souvent les machines à écrire exposées dans la vitrine d'IBM sur Market Street et s'imagine prendre place à un bureau de standardiste, le rouge aux joues et sa robe à taille cintrée déployée en corolle autour de ses cuisses fines. Elle sait croiser les jambes avec élégance, ses yeux brillent d'enthousiasme du matin au soir. « Tu seras la parfaite secrétaire », lui répète sa mère.

Walter Freeman

À la recherche d'une procédure plus simple, plus rapide et ne nécessitant pas d'anesthésie, Walter Freeman s'inspire de la lobotomie transorbitale réalisée par le psychiatre Amarro Fiamberti avant la Seconde Guerre mondiale. Ce dernier a réussi, sans dommages majeurs sur les patients, à injecter de l'alcool ou du formol dans les tissus du cerveau en empruntant l'orbite de l'œil. Freeman va raffiner l'intervention.

Pour être efficace, il faut travailler avec les bons outils, tout le monde sait cela. Les aiguilles à ponction lombaire que Freeman utilise s'avèrent de piètre utilité dans ses expérimentations sur les cadavres de la salle d'autopsie de l'hôpital Gallinger, à Washington D. C. Elles se courbent ou cassent lorsqu'il tente de pénétrer dans la paroi osseuse du crâne.

À la maison, dans un tiroir de cuisine, Freeman trouve son bonheur : un pic à glace de la Uline Ice Company avec une pointe solide et parfaitement acérée, pourvue d'un robuste manche en bois. Ensuite, avec l'aide d'Henry Ator, un machiniste de Washington, il perfectionne ses pics à glace en instruments chirurgicaux : le leucotome, lui-même remplacé en 1948 par un orbitoclaste, plus résistant. Testé en l'insérant dans le trou d'une serrure et en appliquant une force de vingt-cinq kilogrammes sur le manche, il a moins tendance à se fendre et à rester coincé dans la tête du patient.

Issu d'une éminente famille médicale de Philadelphie, Walter Freeman a toujours cru qu'il était destiné à de grands exploits. Pendant un certain temps, son grand-père, William Williams Keen, a été le chirurgien le plus célèbre d'Amérique, le premier à avoir réussi à retirer une tumeur au cerveau d'un patient vivant. Avec cinq autres chirurgiens, il a aussi participé à l'intervention secrète à bord d'un yacht pour retirer une tumeur maligne de la mâchoire du vingt-deuxième et vingt-quatrième président des États-Unis, Grover Cleveland. Keen aimait effectuer ses opérations complexes devant un public nombreux et admiratif, un vrai *showman*, comme le sera son petit-fils Walter, qui pratique à l'occasion ses lobotomies sur deux yeux à la fois, un marteau dans chaque main, ou à la chaîne, en agitant son pic à glace dans le cerveau de vingt-cinq patients en une journée comme s'il s'agissait de brouiller un œuf à la fourchette.

Sur la route

En ce jour venteux de juin 1962, ils roulent pendant une heure pour se rendre à Los Altos. Tête tournée vers la droite, Eleonore regarde la route. Son regard hypnotisé par la répétition des enseignes et des intersections, les parcelles de terrains inoccupées, les poteaux électriques dressés à intervalles réguliers, les ouvertures qui par moments laissent voir un bout de la baie de San Francisco. À mi-parcours, Wilbert Greenberg tapote la cuisse de sa fille : « Ça va bien aller, ma chérie, ne t'inquiète pas. » Il desserre son col, met la radio. Eleonore reprend sa contemplation du paysage, les forêts défilent sous ses yeux sans qu'elle parvienne à trouver consolation dans la majesté des arbres.

Au moment de se garer sur Main Street devant la modeste clinique de Walter Freeman, le père laisse échapper un soupir. Il s'extirpe de la voiture, se ressaisit, s'accroche à nouveau à cette phrase en dépliant son corps dans l'embrasure de la portière. *Ça va bien aller, ma chérie, ne t'inquiète pas, c'est un grand spécialiste, il a exécuté cette opération des milliers de fois.* Le claquement de la portière qui se referme, un couperet qu'on lâche sur ce qui avait été jusque-là la joie vive d'Eleonore.

Walter Freeman

Quelques cheveux mousseux délimitent un front large qui se confond avec le crâne dégarni au sommet. C'est ce qui frappe au premier abord, ce front, pratiquement le tiers du visage en front chez ce spécialiste de la lobotomie préfrontale. Le front donc d'autant plus présent qu'il surplombe, lisse et pâle, une paire de lunettes rondes dont les verres semblent flotter dans le vide, sans contours, la monture se révélant en une tige fine, métallique, qui va se recourber derrière une oreille décollée de la tête dans un drôle d'angle. Une oreille sur le point de prendre son envol, on dirait, son lobe et sa partie croquante légèrement boudinés, comme gonflés d'hélium.

Les poils du visage sont bien taillés, plutôt discrets, symétriquement rasés, de couleur poivre et sel. Partant des commissures, la moustache se déploie en trapèze au-dessus de la lèvre : l'arrête supérieure a l'exacte largeur du nez, d'une aile de narine à l'autre tandis que la base est déposée sur un sourire contenu qui n'en est peut-être pas un, au fond : une légère ombre aux coins des lèvres fait douter de l'intention de cette bouche fermée en une ligne mince, nullement charnue ni charnelle. Sous celle-ci, une figure géométrique moins précise, la pilosité s'élargissant sous le menton, mais avec le même souci de lignes nettes de celui qui manie la lame du rasoir. Pas un poil ne dépasse dans ce visage. La narine est glabre, le sourcil a peut-être été peigné avec soin.

Eleonore

Me voilà sur une chaise dure et froide, Youri. Je voudrais te parler, te dire tout ce que j'ai voulu pour nous deux. Je comprends aujourd'hui que rien ne se passera comme je l'avais planifié. Tes lèvres me demeureront étrangères, je ne t'offrirai pas ma nudité, tu n'applaudiras pas ta belle Californienne qui fend les vagues, tu ne m'appelleras pas ta sirène, ta tornade. Je ne m'endormirai jamais la tête sur ton épaule, nous ne connaîtrons ni la nuit ensemble ni les réveils amoureux, tu ne toucheras pas mes seins, ma nuque, l'intérieur de mes cuisses. En vain, j'ai imaginé mille fois tes caresses, tes mots tendres, ton regard complice. Je nous ai vus rouler cheveux au vent, je nous ai couchés sur le sol du désert, une terre aussi brûlante que les étreintes que j'ai désirées pour nos corps. Tu ne me raconteras pas le ciel, le cosmos, ton tour de la Terre.

Je serre les dents, mon visage n'a jamais été aussi dur, je ne les laisserai voir ni mon effroi ni ma détresse, je resterai de glace, concentrée à contenir tout ce que j'ai de bouillant et qu'ils ne méritent pas de connaître. Mes éruptions volcaniques étaient pour toi, seulement pour toi. Si je survis à cette intervention, je me murerai dans le silence, je m'accrocherai à cette certitude, toi, tu n'aurais jamais permis qu'on s'en prenne à ma joie.

Youri, j'ai peur. Je voudrais garder en mémoire la voix de mon père qui me répète que ça va bien aller et sentir encore la brûlure du toit sur la peau nue de mes pieds quand je m'échappais à l'aube pour aller rejoindre les garçons à la plage, je voudrais conserver ce sentiment d'exaltation de la première fois où j'ai réussi à me tenir debout sur ma planche et le souvenir de l'eau froide sur mon corps encore chaud de sommeil. Je revois ma sœur Rose qui me regarde, découragée, quand je prononce ton nom, et me revient l'odeur du jardin le soir quand la nuit fraîchit. J'entends le bruit du papier gratté par le stylo du docteur Weise alors que je lui raconte ton sourire à la télévision et ta veste couverte de médailles, que je lui confie mon chagrin quand j'ai compris que je ne pourrais pas être cette femme que James souhaitait épouser. Je crois que je ne pourrai jamais oublier le goût écœurant des œufs, ce matin, le jour de ma lobotomie.

Quand il avancera son instrument vers ma tête, je franchirai en pensée des kilomètres et des océans pour me blottir contre toi, tu me verras forte et droite, digne de ton amour, prête au sacrifice. Je regrette seulement de ne pas avoir eu l'audace de m'enfuir. Comment traverser un pays, comment me rendre jusqu'à tes bras ? Je sais que cet élan vers toi est ce que j'ai vécu de plus beau. Une vie où l'on ne chavire pas ne m'intéresse pas. Je n'ai pas peur de perdre pied, je crains une existence où l'on ne risque rien, où l'on se tient sagement dans sa maison à se contenter de peu, le mari qu'on nous impose, le jardin étroit à désherber, une chambre vide de passion.

J'ai peur que cette intervention me fasse perdre ce que je chéris le plus, cette imagination qui me tient chaud, qui efface ce qu'il y a de plus terne pour me propulser là où tous les rêves sont possibles. Quand je ferme les yeux, la Californie disparaît, le cabinet du docteur Freeman n'a jamais existé, je suis dans tes bras et je me dis : « C'est ici que je veux vivre ma vie. »

Walter Freeman

La procédure dure moins de dix minutes. En remplaçant l'anesthésie générale par des électrochocs, on gagne du temps. Même pas besoin de bloc opératoire.

Walter Freeman soulève la paupière supérieure, insère délicatement le pic à glace chirurgical juste au-dessus du globe oculaire, emprunte le canal lacrymal en maintenant l'instrument parallèle à l'axe du nez. Il sent une certaine résistance lorsque la pointe heurte le plafond de l'orbite. Dans la portion où le crâne protège l'œil, la paroi osseuse est à son plus mince. « Un léger coup de marteau est amplement suffisant », assure Freeman, enfonçant l'instrument dans le lobe préfrontal jusqu'à cinq centimètres de profondeur. Pour compléter l'intervention, il ne reste plus qu'à opérer de subtils allers-retours du pic à glace dans un mouvement d'essuie-glace. On retire l'instrument, à la manière d'un bouchon de champagne, *pop !*, on applique de la gaze sur le globe oculaire, et rebelote sur l'autre œil.

Si tout se passe bien, la patiente rentre à la maison avec rien de plus que deux yeux au beurre noir.

« J'ai commencé par penser qu'il devait être un monstre ou un criminel parce que, après tout, regardez ce qu'il a fait. Mais j'en suis venu à considérer Walter Freeman comme un personnage tragique, aveugle, non pas tant aux conséquences de la lobotomie, mais aux conséquences de ses propres fautes et échecs », explique le biographe du lobotomiste.

Je suspends mon impulsion, casse l'élan qui anime mes pieds et cherche le bouton « Pause » sur le fil de mes écouteurs. Écrasée par la chaleur d'août, j'avance péniblement depuis une heure sur un rang de campagne poussiéreux bordé de champs de maïs, *podcast* dans les oreilles. Troublée, je recule l'épisode de *Medical Murders*. Je veux réentendre un passage avec plus d'attention.

« L'absence de douleur est-elle ce qu'il faut rechercher ? Est-ce l'absence de souffrance ? Est-ce l'absence de soins ? L'absence d'anxiété : est-ce une bonne chose ou est-ce ce qui nous rend humains ? Ça, c'est vraiment le cœur de tout ça, qu'est-ce que nous valorisons dans l'esprit humain ? Il a choisi de ne pas valoriser certaines choses. Mais c'est ce que cela soulève tant : qu'est-ce que nous valorisons dans le fait d'être humain ? »

Toutes ces questions m'étourdissent. Je demeure immobile, regardant le plus loin que je peux au-dessus des épis. Dans le ciel, des charognards volent et crient, agitent leurs grandes ailes. Seule à courir sur ces routes peu fréquentées, je m'imagine parfois qu'ils délaissent leur cercle funeste pour foncer sur moi.

❧

Je n'arrive pas à sortir de ma tête l'anecdote racontée par le fils de Walter Freeman. Hué pendant un discours devant un public de psychiatres, le médecin sort une grosse boîte de sous le podium et jette sur la table une avalanche d'enveloppes : cinq cents cartes de Noël que ses patients ou leur famille, reconnaissants, lui ont envoyées. « Combien de cartes de Noël avez-vous reçues de vos patients ? » lance-t-il à ses détracteurs.

Je pense à ces hommes et à ces femmes qui ont écrit ces cartes de Noël.

Eleonore

Au-dessus des yeux d'Eleonore, dans le pli où la peau qui recouvre les globes oculaires est très douce et mince, une cicatrice violette s'estompe peu à peu. La peau a des propriétés étonnantes pour se resceller, se refermer sur ses secrets, faire oublier le passage d'un pic à glace.

Avec les années, Eleonore passera la houppette de son fard à paupières poudreux, tantôt bleu minuit, tantôt vert émeraude selon les aléas de la mode, sans même penser à Walter Freeman, appliquant froidement le maquillage sur son œuvre.

S U D

« Tant pis pour le Sud. »

Nino Ferrer

Celle qu'on ne voit pas

Pourquoi le Baïkal ? Je me souviens qu'à dix-neuf ans déjà, avec mon premier amoureux, nous avions planifié un itinéraire complexe qui devait nous mener en Asie du Sud-Est en traversant la Russie à bord du Transsibérien pour ensuite prendre le Transmandchourien ou peut-être était-ce le Transmongolien jusqu'à Pékin. Il avait été question de rallier ensuite le Viêtnam ou la Thaïlande, j'oublie, puis on se rendrait jusqu'à Singapour en empruntant le trajet du luxueux Eastern & Oriental Express sur deux mille kilomètres. Ce train aux wagons anciens, importés de Nouvelle-Zélande, venait d'être inauguré. Il appartenait à la compagnie de l'Orient-Express, promettait des paysages luxuriants de forêts tropicales, de rizières et de champs de thé, et nous n'avions nullement les moyens de nous payer son « charme colonial suranné ». On improviserait sur place une version cégépiens cassés, on ne craignait pas de dormir sur une planche de bois parmi les poules, on se disait : « Le paysage sera tout aussi grandiose. » Mais d'abord, on atterrirait dans l'un des pays baltes, qui avaient retrouvé leur indépendance depuis à peine trois ans au moment où on préparait notre périple en train. Ça nous avait semblé la porte d'entrée la plus simple durant cette période de transition post-soviétique. Après la visite de la région baltique et de Saint-Pétersbourg, le clou de cette première étape du voyage consistait en un arrêt au lac Baïkal. C'est mon premier amour qui me parle de cette mer sacrée aux eaux bleues, claires et profondes, et il est convaincant. Peut-être avait-il lu là-dessus dans un *National Geographic* ou dans le *Smithsonian Magazine*, auquel il était abonné.

Nous avions renoncé à ce voyage au profit d'un autre. Déjà découragés par le coût des visas et par la rigidité de l'Agence Intourist, qui exigeait que l'on fournisse un itinéraire détaillé et réserve des chambres dans son réseau d'hôtels, nous avions définitivement abandonné notre projet de périple en train après le visionnement des cinq épisodes en cassettes VHS de *Ring of Fire: An Indonesian Odyssey*, tout particulièrement l'épisode quatre, « Dream Wanderers of Borneo ». Dans les années 1970, les frères Lawrence et Lorne Blair empruntent les rivières gonflées par la saison des pluies jusqu'à l'intérieur des terres, à la recherche des derniers nomades de la vaste île indonésienne, les Punan-Dayak, alors que les autorités ont affirmé qu'ils n'existent plus. Nous sommes fascinés et obsédés par l'idée de partir dans la jungle de Bornéo, nous aussi, vingt ans plus tard, à tout juste dix-neuf ans, sur la trace des frères Blair, en pistant des chasseurs-cueilleurs avec la candeur de notre jeunesse.

Je suis curieuse de savoir ce que les frères Blair sont devenus. En ligne, j'apprends que Lorne Blair est décédé l'année de notre voyage en Indonésie, trois mois avant son cinquantième anniversaire. Sa veuve a tenu un blog, sur lequel figure une photo de la fille qu'elle lui a donnée et qu'il n'aura connue que brièvement. J'y lis cette histoire – qui n'est pas une histoire, précise-t-elle, puisqu'elle est arrivée pour vrai – qu'il lui aurait racontée.

« Après *Ring of Fire*, il lui est arrivé de donner des conférences à bord de bateaux de croisière de luxe dans les eaux indonésiennes. Les passagers aimaient l'entendre parler des îles de l'archipel qui se profilaient à l'horizon, mais qu'ils ne verraient jamais réellement, leur voyage se limitant à de brèves escales dans les ports.

"Un jour, alors que nous nous apprêtions à visiter un port célèbre pour son marché aux oiseaux, le capitaine du navire nous a réunis pour nous donner des instructions. 'Quoi que vous fassiez, n'achetez pas d'animaux, c'est interdit. Et je ne les accepterai pas à bord du navire. Compris ?' Les passagers ont promis de respecter les règles et l'écosystème, puis sont partis à la découverte du marché aux oiseaux. Une vieille dame, prise de compassion à la vue d'un pauvre petit oiseau à la patte cassée, l'a caché sous son manteau et ramené en douce dans sa cabine. Après quelques jours, trahie par les cris du volatile, elle s'est confessée au capitaine. 'Je suis terriblement désolée, mais le pauvre avait la patte cassée…' Le capitaine l'a réprimandée et a passé l'éponge. Devinez ce qui s'est produit quand, deux mois plus tard, une autre cohorte de croisiéristes s'est arrêtée dans le port ? Le capitaine nous a rassemblés pour donner ses instructions habituelles avant que nous descendions à terre, je suis allé au marché et qu'ai-je vu ?" »

La veuve rapporte que Lorne Blair avait ménagé une pause, souri pendant qu'elle donnait sa langue au chat.

« Tous les oiseaux avaient une patte cassée. Apparemment, les touristes veulent des oiseaux blessés, c'est donc ce qu'on leur offrira désormais. »

Lors de ce voyage en Asie du Sud-Est, à bord d'un paquebot de la compagnie maritime Pelni, dans l'archipel des Moluques, nous faisons la connaissance d'Élisabeth, une infirmière française de trente ans, blonde platine aux yeux clairs, bottes de randonnée aux pieds, solide sur ses jambes même en pleine mer des Célèbes. Entre deux contrats à la Salpêtrière, elle passe sa vie à voyager en solitaire. Elle connaît bien les îles indonésiennes, n'a pas froid aux yeux et son esprit d'aventure nous jette à terre, modifie notre itinéraire. Quand elle nous pointe sur une carte géographique un essaim d'îles minuscules à peine décrites dans notre guide de voyage, où semble n'exister aucun hébergement, ses yeux brillent : « Et si on y allait ? »

Par la suite, j'ai eu beau consulter des cartes et des guides pour retracer notre périple, je ne saurais pas dire sur laquelle des îles Kei ou Aru nous avons séjourné, j'ai même oublié le nom du port. Nous l'avons simplement suivie comme si elle avait déroulé un tapis magique sous nos pieds.

Quand les insulaires ont voulu nous décourager de dormir à la belle étoile sur une plage sauvage, Élisabeth ne s'est pas démontée :

– Bah ! si on écoutait les gens, on passerait sa vie à avoir peur.

La nuit était chaude, nous avions étendu des nattes d'osier sur le sable le plus fin du monde, doux comme du sucre en poudre. Des décennies plus tard, je me souviens encore de l'anecdote qu'elle nous avait racontée avec désinvolture.

– Je suis tombée follement amoureuse en Papouasie. Je l'ai rencontré dans un marché où il vendait des statuettes. Je suis allée vers cet homme en pagne et lui ai demandé où était son village. Sans hésiter, j'ai marché derrière lui dans la jungle. Il m'a présenté sa famille, le chef de sa tribu. Un soir qu'il se plaignait de ne pas trouver le sommeil, je l'ai regardé dans les yeux : « Moi, je connais le meilleur moyen du monde pour passer la plus belle des nuits. » Et nous avons fait l'amour. Je suis restée des semaines auprès de lui. Nous n'avons fait que ça, l'amour.

❧

Le choc de la transgression. Parce qu'elle affirmait son désir, cette infirmière française, comme bien d'autres femmes que j'ai croisées dans ma vie, m'a influencée dans mon parcours tout en traçant les limites de jusqu'où moi, j'irais. Je ne porterais jamais en moi une telle insouciance face aux conséquences de mes gestes, mais à ma manière je choisirais l'audace du risque plutôt que la peur. Et je ne laisserais personne me dire ce que je peux faire ou ne pas faire.

« It seemed to me all over again that in every phase of living we do not have to conform to the way our life has been written for us, especially by those who are less imaginative than ourselves. »*

Deborah Levy, *Real Estate*

❧

Un jour d'avril 2018, alors que l'idée d'écrire un roman géographique sur le froid et la froideur prenait forme, j'ai lancé une bouteille à la mer sur les réseaux sociaux. J'ai demandé à des amis, des connaissances et des collègues de me faire une confidence : me raconter le plus grand froid, la plus atroce froideur qu'ils ont connue

* « Il m'a semblé encore une fois que dans chaque phase de la vie, nous n'avons pas à nous conformer à la façon dont notre vie a été écrite pour nous, en particulier par ceux qui sont moins imaginatifs que nous-mêmes. » NDLA

dans leur vie. Un froid météorologique, physiologique, humain, esthétique, psychique.

L'hiver s'éternisait, débordait sur le printemps. Une tempête de verglas paralysait le sud du Québec, les écoles étaient fermées, les routes, dangereuses, et un cardinal rouge était venu se poser dans mon amélanchier, sur les branches lourdes de givre. À sa vue, la douleur de mon unique rupture amicale à vie s'était ravivée, celle qui m'avait chamboulée davantage que tous mes chagrins d'amour réunis.

J'ai reçu une trentaine de confidences, glaçantes, touchantes. La plupart relatant un moment très intime : deuil, conflit, désarroi, perte, sensation d'effroi, choc thermique ou psychologique. Toutes par écrit. Une seule m'a été racontée de vive voix dans une voiture entre Shawinigan et Montréal. Elle venait d'une écrivaine marocaine, établie aux États-Unis avec sa famille en raison du travail de son conjoint. On avait passé quelques jours ensemble pour une tournée littéraire et on s'entendait bien. En novembre 2016, le jour de l'élection de Donald Trump, elle était seule avec ses enfants à New York, son mari étant en voyage d'affaires. Lorsqu'elle a pris connaissance du résultat du vote, elle s'est mise à avoir froid.

– Très froid, a-t-elle précisé, je n'avais jamais ressenti un tel froid, même pas dans les pires tempêtes d'hiver.

Elle grelottait, avait beau monter le chauffage, se couvrir de châles et de couvertures, elle tremblait, seule dans son lit aux draps glacés ce soir-là.

– J'ai été frigorifiée pendant trois semaines – jusqu'à ce que mon amoureux rentre d'Europe. Il m'a serrée très fort dans ses bras, longtemps, et j'ai enfin pu retrouver ma chaleur corporelle.

Lors de mon premier voyage en Russie, mon amie Amélie avait glissé dans mes bagages un *mixtape* de chansons françaises et une feuille pliée en quatre qu'elle m'avait demandé de lire à bord d'un train. C'était une photocopie d'un texte tapé à la machine et photographié par l'artiste Sophie Calle. Ça commençait par : « Mon amour. Je suis montée dans le Transsibérien qui relie Moscou à Vladivostok le 29 octobre 1984 à 14 h 20. » Dans cette lettre, elle relate à l'homme qui va bientôt la quitter sa relation avec son compagnon de compartiment, un homme de soixante ans qui la rebaptise Saphir et qui se désole qu'elle ne parle pas russe, ne joue pas aux échecs. Au début des années 2000, ce texte trouverait sa place dans son projet *Douleur exquise*, dans lequel Sophie Calle conjure la douleur causée par une rupture amoureuse en demandant à des amis ou rencontres de fortune de lui raconter le moment où ils ont le plus souffert. Inspirée par sa collecte de récits, j'ai eu envie, pour ma part, d'être accompagnée par « les froids des autres » pour sublimer par l'écriture cette tache sombre dans mon parcours amical, moi qui avais toujours pensé que, comme Jean Cocteau, je savais « mieux faire l'amitié que l'amour ».

Grand froid numéro trente

« je brûle de désir, je fantasme, mon corps bouillonne, vibre, je me caresse et me fais jouir matin, midi et soir, c'est très bon, mais je sais que je veux sentir ses mains sur moi, je me dis la prochaine fois qu'il passe la porte, je l'embrasse et ne quitte plus ses lèvres. je suis prête. c'est ça que je ferai. il arrive dans trente minutes. le téléphone sonne, je réponds, car je sais que je dois attraper cette communication, la discussion dure, je sais qu'il va bientôt arriver, je vois son sourire passer devant la fenêtre, il frappe à la porte, j'ai toujours mes oreillettes, je lui fais signe d'entrer, il s'éclipse discrètement sur la terrasse. je n'écourte pas la discussion téléphonique, non, je la fais durer, je fais tout pour quitter mon élan, mon excitation, je sais que c'est foutu, que ça s'est joué de peu, à cet instant où j'ai décidé de faire traîner l'appel. on se retrouve tout proche l'un de l'autre, il suffirait de briser la glace de ce très court espace qui nous sépare, mais je ne ferai absolument rien, dans mon corps je m'éloigne, mon corps recule dans mon corps, comme sur un tapis roulant en marche arrière, je m'enfonce dans la situation, je disparais, je deviens marbre, snob, froide et dure, c'est mort. je sais je pourrais ne jamais le revoir et je comprendrai pourquoi. sabotage. »

Celle qu'on ne voit pas

Depuis plusieurs semaines, j'entendais dans le jardin le chant léger de l'oiseau au plumage écarlate et je me demandais si c'était le même que j'apercevais à l'époque où cette amitié était encore lumineuse. Je regardais la petite trace rouge sang dans ma cour, avec le ciel blanc comme horizon, et je me rappelais qu'à un moment de ma vie cet oiseau avait été associé à une personne qui comptait pour moi, qu'ensemble nous avions appris à reconnaître sa mélodie, qu'un jour, dans le jardin, nous avions suspendu notre conversation pour chercher le cardinal dans le feuillage des arbres.

❧

En consultant le *Deuxième Atlas des oiseaux nicheurs du Québec méridional*, j'apprends que le cardinal rouge, originaire de l'est et du centre de l'Amérique du Nord, monte de plus en plus vers le nord, le long du fleuve Saint-Laurent, en raison des changements climatiques et de la prolifération des mangeoires. Alors qu'avant 1970, on les trouvait surtout dans les États au sud de la Nouvelle-Angleterre, leur progression nordique s'accentue, certains ornithologues amateurs en ont même aperçu dans la région du Lac-Saint-Jean.

Chaque matin, pendant des mois, je me suis réveillée avec le sifflement insistant de ce cardinal, qui, me semble-t-il, chante avec plus d'ardeur à l'aube. J'apercevais plus souvent le mâle que la femelle, mais un couple avait adopté mon jardin et mon balcon pourtant dépourvus de mangeoire. À l'automne, dans le feuillage orangé de l'amélanchier, je ne les distinguais pas bien. J'avais peu à peu appris à discerner les variantes de leur gazouillis plus mélodieux que celui des moineaux et des étourneaux qui visitaient en grand nombre ma cour montréalaise.

Pendant un moment, les cardinaux avaient disparu, puis ils étaient revenus, toujours en couple, deux silhouettes colorées, mal camouflées dans les branches dénudées de la fin d'hiver. Le printemps venu, l'arbre se couvrait d'une neige de fleurs étoilées qui dissimulaient leurs furtives apparitions et leur parade nuptiale. Aux beaux jours de la saison chaude, ils se gavaient de fruits, s'égayaient dans le maillage dense des baies pourpres et des feuilles. Au cours de l'été, ils avaient disparu encore ou peut-être n'avais-je plus prêté attention, dévorée par mes obsessions, tournée vers les chants sinistres qui occupaient ma tête.

Grand froid numéro quatorze

« À dix-neuf ans, j'ai eu un coup de foudre. Un amour qui rend fou. Un amour qui tue, mais dont on ne peut résister à la brûlure. Je l'ai vu, lui, et un grand froid m'a envahie, je me suis approchée de lui comme un papillon qui bat de l'aile, dans sa beauté un peu innocente, et ziiiiit, brûlé par la lumière. Personne ne m'avait dit qu'il fallait se tenir loin des gens pour qui on donnerait TOUT. J'ai aimé et souffert pendant quinze ans. Je ne serais jamais partie. On ne quitte pas quelqu'un qu'on aime plus que soi. Même s'il vous détruit. Mais il a fallu, parce que je n'étais plus seule, j'avais deux enfants, que je dise STOP ! Avant d'y laisser ma peau. Et là j'ai eu froid, comme lorsqu'on se plante un poignard en plein cœur. Je me suis sauvée, en prenant cette décision tout mon corps s'est effondré, j'étais aussi molle que du goudron, comme si mes os m'avaient quittée, je ne pouvais plus rien bouger, et le froid était immense. Ma mère m'a acheté une parka Canada Goose, et je la portais sous mes couvertures et encore j'avais froid. J'ai toujours ce manteau. Il est si chaud. Je le déteste. Pour calmer le froid, j'ai dormi dans la rue, comme les clochards. J'observais de loin, dans la ruelle, ce qui restait de ma famille par la fenêtre, cet homme, nos deux enfants. Il faisait si froid dans cette maison. Il a fallu la mort de leur demi-sœur, qui m'a fait promettre juste avant de mourir de profiter de chaque moment que la vie me donnerait. Je n'ai pas été capable de lui dire que je n'en voulais pas et je lui ai fait la promesse... promesse que j'honore depuis. (Et le froid m'a quittée.) »

Celle qu'on ne voit pas

Quand je reconnais à nouveau le chant incessant du cardinal, en ce printemps glacé qui marque son retour, je sors sur le balcon couvert de givre, l'oiseau est là, silencieux et seul. Il ne s'envole pas à ma vue. Dans les semaines qui suivent, il s'approche de plus en plus. Il s'aventure parfois jusque dans l'enchevêtrement de la vigne ventousée à flanc de bâtiment. Souvent, en l'entendant chanter, je suis tentée de me dire que le temps a peut-être fait son œuvre d'effacement et de réparation sur mon amitié perdue, il me prend alors des envies d'écrire encore un mot, une main tendue dans l'espoir d'une réconciliation : « Je pense à toi. Le cardinal est revenu chanter dans mon jardin, il appelle sa femelle. Ses appels restent lettre morte, lui aussi. » Mais je me ravise, en me maudissant d'être aussi sentimentale, de savoir si mal renoncer et accepter les distances.

Grand froid numéro huit

« Je pense que le grand froid, c'est la frontière silencieuse que m'ont imposée quelques personnes dans ma vie. À commencer par ma mère, quand j'avais douze ans. J'ai dit un truc dont je ne me souviens plus. Ça l'a mise dans une colère froide, justement. Elle a décidé de m'ignorer pendant une bonne semaine. Elle ne me parlait pas, ne me regardait pas. Ne lavait pas mes vêtements, ne mettait pas la table pour moi, ne servait pas mon assiette.

« Une amie très proche m'avait fait la même chose pendant des semaines deux ans auparavant, à l'école. Je me souviens de la grande anxiété que ça m'avait causée. L'impression de disparaître, de perdre une partie de moi-même à travers ces regards disparus.

« Puis, plus tard, dans la trentaine, j'ai vécu avec un homme narcissique, dépressif. Il s'emmurait dans un silence pesant, il traînait sa vie triste dans notre espace de vie, contaminait mon existence. De la glace sèche… que ce moment de ma vie. »

Je remarque que la mélodie du cardinal a changé, plus lancinante, plus soutenue, je me demande si c'est un fond de tristesse qui anime son appel.

Je voudrais que mon propre chagrin s'exprime avec autant de beauté.

Voilà où j'en suis rendue : à éprouver de la compassion pour un passereau, à m'identifier à son sort. Les sifflements ne cessent pas. Un jour à l'aube, la tête enfouie sous le duvet, je lance à mi-voix en direction de la fenêtre : « Elle ne reviendra pas. Tu peux arrêter de l'appeler. »

Depuis quelques mois, je soupire beaucoup, postée à ma table de travail au-dessus de laquelle j'ai épinglé deux cartes postales. L'une de Kareem Rizk où se profile un cardinal rouge. L'autre m'a été offerte par mon éditeur : un panonceau en grandes lettres crème sur fond bleu indigo de l'ineffable pense-bête de Plonk & Replonk, « Ne pas y penser ».

J'y pense constamment. Et dans ce « y » impersonnel, tant de tourments que je préfère garder pour moi.

Des pages et des pages s'écrivent alors que, dehors, l'oiseau me tient compagnie, que les mois passent, que chez moi mes plantes se meurent. Je me console en me rappelant qu'Annie Dillard rapporte, dans *En vivant, en écrivant*, qu'elle a aussi laissé crever toutes ses plantes d'intérieur alors qu'elle écrivait *Pèlerinage à Tinker Creek*. Seuls mes cactus et quelques succulentes survivent. Mon cardinal ne m'abandonne pas. Un bruit de fond persistant dans l'air de l'été, puis au cœur de l'hiver, et à nouveau au printemps.

« C'est bon, tu as gagné. Je vais te faire une petite place dans mon roman. »

Grand froid numéro quinze

« L'expérience inoubliable de la froideur, je l'ai vécue il y a seize ans, lorsqu'un étranger m'a obligée à me regarder dans la glace.
C'était en 2002, j'avais tout ce que la société vous dit qu'il faut avoir pour être heureux et pourtant j'étais à l'apogée d'un malheur qui avait débuté dès l'enfance. J'étais jeune et jolie, j'avais de nombreux amis, un amoureux de longue date qui m'aimait et que j'aimais, un bel appartement, un diplôme de sciences politiques en poche et un autre, de traductrice, récemment obtenu auprès d'une université allemande.
Je donnais des cours particuliers de français à la fille du président allemand et j'avais réussi à devenir la première stagiaire de l'histoire du service linguistique des Affaires étrangères allemandes, et un poste de traductrice francophone venait de s'ouvrir dans ce même service. Je devais absolument obtenir ce poste, croyais-je, mais je me sentais si fragile que je ne voyais pas comment j'allais pouvoir continuer à entretenir la façade de la femme forte, dynamique et compétente pendant le reste de la période de stage et la période du concours.
Un jour, après une longue journée de travail, vêtue de couleurs pastel mais remplie de pensées sombres, j'étais

allée faire des courses dans un supermarché *discount* de mon quartier, sur la rue Karl-Marx. En entrant dans le magasin, j'avais remarqué un homme, visiblement sans abri, qui insultait verbalement toutes les personnes qu'il croisait. J'ai fait mes emplettes en espérant qu'il ne me confronterait pas. En faisant la queue à la caisse, je me suis retrouvée face à face avec lui. Il m'a regardée directement dans les yeux et m'a dit, en allemand, me vouvoyant : "Vous êtes froide comme de la glace. Croyez-vous que vous êtes plus forte que moi ? Je pourrais vous tuer juste comme ça !" Personne n'est intervenu. Je ne crois pas que j'aie répondu quoi que ce soit ; je suis restée de glace. J'ai payé. Il est parti. Je suis rentrée. J'étais si ébranlée que j'ai mis des jours avant de pouvoir raconter l'incident à mon amoureux, et j'ai mis un mois avant d'avoir le courage de faire un rapport à la police. J'ai entrepris une thérapie. Je devenais agoraphobe, je faisais tous les détours possibles pour éviter ce coin de rue. Je sortais sans mes lunettes pour ne pas le voir et je sursautais à chaque image d'un homme barbu sur un panneau publicitaire. J'ai touché le fond, et c'est ce qu'il m'a fallu pour pouvoir remonter vers la lumière, un difficile et merveilleux voyage qui se poursuit jusqu'à aujourd'hui. »

EST

Gaby

Anna me dit qu'elle n'arrête pas de penser à ma tante Eleonore.

– En fait, elle n'était pas vraiment folle, non ?

– Je l'imagine plutôt comme une femme libre, une marginale qui dérangeait, préférant l'exaltation à l'embourgeoisement, le rêve soviétique au rêve américain. Une grande frondeuse dont on a anesthésié la part rebelle.

J'ai vu des photos d'elle, elle se tient épaule à épaule avec les surfeurs d'Ocean Beach, à San Diego. Tu devrais voir son sourire, la fierté dans ses yeux alors qu'elle enroule un bras ruisselant autour d'une planche de surf. Elle est là, mince et musclée, dans ces maillots qui font les seins pointus comme des torpilles. Après, presque pas de photos. Ça devait être trop triste, une si belle fille avec le regard éteint, les joues creuses. Ma mère ne voulait jamais en parler. Elle disait : « C'est une histoire d'une autre époque, tu ne pourrais pas comprendre. »

Je l'ai rencontrée à quelques reprises quand j'étais petite. J'accompagnais ma mère à Noël et le week-end de la fête nationale au centre d'hébergement, je trimballais les fraises et la limonade pour tante Eleonore. Elle prenait mes mains, me broyait les doigts, et je ne disais rien. Ma mère faisait la conversation, elle parlait de cousins et de cousines, de neveux, de nièces, de la maison familiale, de la roseraie dont s'occupait à temps partiel un jardinier. Les infirmières nous rapportaient que tante Eleonore dormait beaucoup le jour et que, la nuit, elle se berçait près de la fenêtre, s'échappait parfois sans aller très loin, sur le porche où elle observait les étoiles.

Anna

Ce qui me fascine chez Gaby, c'est qu'elle ne retient rien. Son visage peut s'effondrer en une seconde, puis s'illuminer comme si c'était le plus beau jour de sa vie. Plus je le regarde et plus je me dis qu'elle contient en elle tout ce que j'imagine de la Californie.

– Les paysages, le climat, le sol et les forêts, l'air qu'on respire, peut-être que tout ça nous définit. C'est comme une empreinte. Prends Eleonore et toi, par exemple, vous avez grandi dans la chaleur de la Californie, l'océan Pacifique tout près et le désert jamais si loin.

– Oui, et dans des villes comme des monstres conçues pour des voitures. Toi, tu es une fille du Nord. Tu connais le froid mieux que moi. Quand je te regarde, je vois des sapins et de la neige, des lacs. Je vois de petites maisons avec un feu dans la cheminée, des enfants aux joues roses, du vent qui balaie des espaces immenses où l'on peut vraiment se sentir seul. Tu te souviens dans *Le Magicien d'Oz*, la sorcière du Nord, c'était la gentille, non ?

Je proteste :

– Moi aussi, je suis une fille de la ville, Gaby. Je n'ai pas grandi dans une maisonnette dans la forêt. Mais c'est vrai que ces paysages-là, je les porte en moi, et ils ne sont pas si différents de ceux qui défilent à la fenêtre.

– C'est clair que ce vaste pays, ça change tout, chez les Russes. Il y a ici une part insondable, énigmatique, un pays comme un ogre. Si tu cours dans les champs et les fleurs sauvages quand tu es enfant, ce n'est pas comme grandir dans un jardin sec où ne poussent que des ronces et des cactus. Sans parler des gens qui n'ont jamais vu la mer, ne se sont jamais baignés dans des lacs. Il y a des millions de personnes comme ça, enfermées dans des villes…

– Quand je pense qu'il y a des gens qui au cours de leur vie ne connaîtront que les mêmes paysages, les mêmes visages, un espace minuscule. Mes grands-parents, par exemple. Tous ces gens qui labourent des champs, descendent au fond des mines, se tuent au travail.

– Alors que, nous, on est là à paresser en plein après-midi, avachies sur nos couchettes, à parler de tout et de rien. On a le luxe d'apprécier comme la lumière est belle à la fenêtre d'un train.

GABY

– **Tchaïka, tu dors ?** Écoute ça : « Toutes les photos sont des *memento mori*. Prendre une photo, c'est s'associer à la condition mortelle, vulnérable, instable d'un autre être (ou d'une autre chose). C'est précisément en découpant cet instant et en le fixant que toutes les photographies témoignent de l'œuvre de dissolution incessante du temps. » C'est beau, non ? Susan Sontag.

– *Memento mori* ?

– « N'oublie pas que tu vas mourir. » Quand tu étais dans le couloir hier après-midi à regarder par la fenêtre, j'ai pris une photo de toi. Tu avais l'air ailleurs, complètement absorbée par la contemplation du paysage en mouvement. Le train traversait des champs sans limites. Et ça te donnait un air de secret.

– De secret ?

– Ou de chagrin très profond que tu ne laisses pas venir à la surface. Je ne sais pas à quoi tu pensais. Je devine que tu ne veux pas en parler. C'est la photo qui racontera ton chagrin. Je te la posterai une fois rentrée chez moi, promis.

– Mais je n'étais pas triste…

– Peut-être que ce n'est pas ça. Mais j'ai pensé en te regardant : « Cette fille est en suspension, elle n'est plus ici dans le couloir du train et elle n'arrive pas non plus à s'échapper là-bas. » Même dans la contemplation, tes yeux ne sont jamais tranquilles, jamais de la même couleur. Comme si tu avais quelque chose à cacher. Moi, tout se lit sur mon visage.

– Tu es transparente, c'est vrai.

– Toi, tu navigues dans un entre-deux, tout à fait insaisissable. Le premier soir, je me demandais si je te tapais sur les nerfs ou si tu étais contente de faire le voyage avec moi. Je n'arrivais pas à trancher. Il y avait quelque chose de froid dans ta façon de me regarder, puis l'instant d'après tu me souriais avec tant de chaleur, que je me disais que j'avais dû faire erreur. J'aimerais bien, moi, te voler un peu de ton mystère.

Anna

Gaby a posé un magnétophone sur un cahier. Devant elle, une tasse de thé tiédit. Elle fait tournoyer une cuiller dans la tasse. Je n'ose pas aller la déranger. Je me dis qu'elle souhaite peut-être être seule un moment.

Je ressens toute la maladresse de mes vingt ans alors que je me tiens hésitante, la main sur le rebord de la porte accordéon du wagon-restaurant. Je me maudis de ne pas savoir prendre ma place. J'ignore comment avancer en suivant la ligne de mon désir – ça viendra plus tard et en partie grâce à elle. Je ne sais pas si Gaby m'a aperçue et feint de ne pas me voir. Captivée par le mouvement de la cuiller, elle semble y percevoir plus que du métal dans de l'eau. Difficile de dire si son regard est dirigé vers le passé ou l'avenir, si elle est absorbée par des souvenirs ou préoccupée par la suite des choses, tant elle semble tout entière attentive à ce mouvement de pendule que subit la cuiller, puis à la poche de thé qu'elle suspend au-dessus de la tasse, attendant que plus une goutte ne s'en échappe. C'est là qu'elle lève les yeux, me dit en souriant : « Tu veux t'asseoir avec moi ? »

Quand je m'approche et me glisse aux côtés de Gaby sur la banquette, je mesure la distance entre elle et moi, à peine quelques centimètres entre nos jambes, nos épaules, mes doigts qui caressent nerveusement la table recouverte d'une nappe en plastique. D'une main, je me retiens à la cuirette sous mes cuisses. J'ai l'impression que le vertige va m'éjecter hors du train, ce n'est plus une terre desséchée qui défile sous le wagon, mais une mer orageuse. Je suis là immobile, électrisée sous l'effet du silence qui se prolonge, secouée par le train qui fend la taïga dorée.

– On y va?

Je rejette la tête en arrière, inspire profondément. Gaby enfonce quelques touches. Claquement de ruban, rembobinage accéléré. Après un regard encourageant, elle approche le microphone de sa bouche.

– Grand froid numéro soixante-douze.

« J'ai à peu près huit ans, la babysitter me dit: "Es-tu prête?"
Elle-même n'a pas plus de quatorze ans. "J'ai peur que la glace
casse." Elle me répond de ne pas m'en faire, même si ça casse,
ce n'est pas profond. Alors nous nous élançons sur mon
traîneau rouge, fonçant vers le bas de la pente. Dès que
nous touchons à la glace, elle se rompt, j'en ressens encore
aujourd'hui la texture si friable, c'était à peine de la glace,
cinq centimètres d'une croûte détrempée, tout juste durcie.
Nous tombons dans l'eau.
Je ne touche pas le fond. Mon corps est saisi, électrisé par
des réflexes lointains qui me poussent à sauver ma peau.

Je nage, alourdie par mes vêtements d'hiver, j'atteins le bord glacé. J'ai perdu une botte. Ma babysitter fait demi-tour pour la récupérer. Nous sommes en décembre, je devrais être frigorifiée, mais je ne ressens pas le froid. J'essaie de remettre ma botte en vain, je suis trop engourdie. La première chose qui me fait prendre conscience que j'ai atteint un niveau jusqu'alors inexploré de froid, c'est ce regard sur mon pied nu qui marche sur la neige et qui ne sent rien. Aucune morsure, aucun frisson, rien. La deuxième chose, c'est l'eau que ma mère fait couler sur mes mains à mon retour à la maison dix minutes plus tard. Je crie "Ça brûle ! Ferme l'eau chaude !", mais ce n'est que de l'eau froide, très froide qui sort du robinet. La grande révélation de cette journée, c'est cet état extrême des perceptions quand le froid devient chaleur. »

Je relâche la banquette, ma main est moite. Gaby me sourit, hoche la tête, puis le bouton « Stop » claque sous son index.

Gaby

« J'ai autre chose à te demander, Tchaïka. Demain, je descends à Irkoutsk. Je veux voir le lac Baïkal. Après, je prendrai le Transmongolien pour me diriger vers Oulan-Bator. Quand on entrera en gare, je voudrais que tu dises : “Je vais chercher du thé.” Et quand tu reviendras, je serai descendue.

J'aime les départs, mais je redoute les au revoir. Je préfère m'esquiver. Épargnons-nous une scène d'adieux sur le quai, je ne voudrais pas te faire de la peine ou que tu te souviennes de moi comme d'une femme qui ne sait pas serrer dans ses bras ceux qu'elle laisse derrière. »

Anna

Sa demande me surprend, mais je suis trop déstabilisée pour m'y opposer. Gaby a rangé le magnétophone dans son sac, y a pêché le caillou du mur de Berlin. Elle le caresse avec la pointe de son ongle pendant que je termine ma tasse de thé.

– Tu penses à lui ?

Elle hausse les épaules.

– Je voulais lancer ce bout du Mur dans la mer du Japon au bout de ce voyage, mais le désert de Gobi, c'est encore mieux. Ce qui me tue, ce n'est pas la nostalgie des moments passés avec lui, c'est tout ce qu'on ne vivra pas ensemble. J'ai une amie qui sait rompre de manière brutale, sans traîner d'artefacts du passé. Moi, je suis dans la rêverie, à alimenter des scénarios, pas si différente d'Eleonore. Allez, on regagne notre wagon, je vais mettre de la musique. Quand on est triste, il faut danser.

Gaby ondule dans notre compartiment, serre son poing à la hauteur de ses poumons. Elle murmure les paroles. *The world was on fire and no one could save me but you. It's strange what desire will make foolish people do.*

– Il faut que ça vibre ici, ajoute-t-elle en se frappant la poitrine.

Elle ferme les yeux, entrouvre les lèvres, penche lentement la tête derrière. La peau fine de son cou se tend sur sa gorge.

– La musique, ça aide à s'abandonner. Allez, viens, lève-toi.

Elle prend ma main, la pose sur mon ventre. Et quand elle emprisonne soudainement mon poignet avec la même furieuse intensité qui gagne nos yeux, je comprends que je veux aller exactement là où Gaby m'emmène.

Gaby

Une mèche entortillée entre mes doigts pour dégager son oreille, j'enfonce l'écouteur pour que la mousse épouse parfaitement le creux du pavillon. Un, deux, trois, quatre, cinq pulsations sur le bouton du volume et le son court, de plus en plus amplifié, le long du fil noir qui serpente entre nous, se divise sur nos gorges. Je connais les paroles par cœur et je chante pour elle :

> *The world was on fire and no one could save me but you. It's strange what desire will make foolish people do. I never dreamed that I'd meet somebody like you. And I never dreamed that I'd lose somebody like you*
> *No, I don't wanna fall in love (this world is only gonna break your heart)*

Anna

Je me réveille nue contre Gaby, son bras en travers de mon dos, ses jambes mêlées aux miennes. Ses cheveux ondulent sur mon épaule. Je dégage doucement une mèche, mon torse, mon corps tout entier. Gaby marmonne dans son sommeil puis roule vers le mur du compartiment. Je retrouve mon T-shirt sous le drap, puis regagne ma couchette le cœur battant, confus.

La nuit me revient par flashes. La bouche de Gaby, un frisson dans mon cou, et le reste déboule. Nos mains s'emballent sous les vêtements alors que circule une chaleur fiévreuse. On se plaque l'une à l'autre, une rage de faire corps. Ce n'est pas clair qui se tend vers qui, je ne saurais dire d'où vient le déclic ni le feu, si ça part du souffle tiède de Gaby ou de mon regard avide, mais ça déferle. On bascule. On se cogne à la rampe chromée, des ecchymoses naissent sous nos peaux quand on prend place à deux dans un espace conçu pour un seul passager. Le drap se chiffonne dans la mêlée, une grande vague blanche qu'on repousse à nos pieds. On se tortille, thorax comprimés, bassins amalgamés, caresses gagnant en audace, on perd le contrôle de la nuit. Sur fond de fureur ferroviaire, contact roue/rail, vibration, roulement, impact, crissement, tout se confond : les réverbérations de guitare, l'accélération du train et l'afflux des sensations, l'ivresse de la vodka bue au goulot, le déferlement du désir, une soif de sexe.

J'avais dit que pour elle je le ferais, même si ça me peinait comme stratagème. La promesse avait précédé la nuit. Plus de mille kilomètres plus tard, j'ai regretté d'avoir acquiescé à sa demande. Nerveusement, j'ai parcouru de l'index la colonne des gares sur le panneau affiché dans le couloir – Novossibirsk, Krasnoïarsk, Irkoutsk –, puis j'ai fait défiler les aiguilles de ma montre, en m'étonnant d'avoir franchi encore un fuseau horaire.

Quand la *provodnitsa* a passé une tête dans le compartiment en criant « Irkoutsk dix minutes! », je suis partie avec nos deux verres de thé. Les mains tremblantes, j'ai traversé un à un les wagons voisins jusqu'à l'extrémité du convoi. Le métal des rails et des porte-verres criait l'exacte sonorité de ma déception.

Je me suis postée face au samovar. Je me répétais : « Ne regarde pas derrière toi, ne fais pas demi-tour, garde tes mains sur les tasses, ton regard sur l'eau brûlante. » Une *provodnitsa* a ouvert la portière du wagon, un courant d'air froid a pénétré dans le couloir, je l'ai senti passer sous ma chemise. J'ai fermé les yeux, mordu ma lèvre avant de revenir vers notre compartiment.

Sur sa couchette, ses draps étaient pliés en un carré mou de coton froissé, les coins mal superposés. Son sac à dos n'était plus là. J'ai regardé par la fenêtre sans la voir sur le quai. À gauche et à droite, de nouveaux voyageurs prenaient place, posaient leurs valises, accrochaient leur veste à la patère, sortaient leurs pantoufles. Le train s'est ébranlé. Le mouvement lancinant. La joue contre la vitre, je suis restée un moment à contempler le dehors afin de tourner le dos à cette tanière qui avait été la nôtre pendant un temps suspendu, où le magnétisme de Gaby ne vibrait plus, remplacé par quelque chose dont j'allais goûter la cruauté dans les jours qui suivraient, l'absence, le manque, Gaby disparue.

SUD

Celle qu'on ne voit pas

À vingt ans, au retour du voyage en Asie, je suis allée consulter une voyante établie à Saint-Lambert sur la Rive-Sud de Montréal et nommée madame Edisbury, sur l'insistance d'un ami. J'avais connu Jean-Marc à Vienne, en route vers l'Europe de l'Est, le hasard nous avait placés côte à côte à l'Opéra national.

Diplômé en agronomie et en médecine vétérinaire, il a avec moi peu de points en commun, mais nous avons gardé un contact sporadique au cours des décennies. Il se présente parfois à un salon du livre, fier de son effet de surprise après des années de silence. Je n'ai jamais très bien compris ses travaux sur l'élevage des poussins, mais j'ai retenu qu'il s'agissait d'étudier, à l'aide de paramètres génétiques, comment les traumatismes se transmettent de génération en génération.

Il ne croyait pas plus que moi aux affaires de voyance, mais il m'avait dressé un tel portrait de madame Edisbury – « une *freak* qui va te donner la chair de poule » – que j'ai voulu satisfaire ma curiosité.

Je garde le souvenir d'une femme à la voix rauque, de murs jaunis par la nicotine, de son regard hostile et scrutateur alors que je prends place face à elle. À la hâte, j'avais griffonné sur quelques pages ce qu'elle voyait dans mon avenir : deux enfants, un homme venu d'ailleurs comme amoureux, un père blessé (quelque chose de pas clair à propos d'un os fracturé dans un futur rapproché, dans la région du pied) et, surtout, une vie près d'un lac immense et plein, plein, plein de papiers autour de moi.

– Dans le sud de l'Italie ou quelque part d'exotique ?

Madame Edisbury avait hoché la tête et, au bout d'une longue quinte de toux, avait dit :

– Il y a beaucoup d'eau. Je ne peux pas en dire plus.

J'étais rentrée déçue.

Vingt ans plus tard, au moment de publier mon premier livre, tentant un ultime assemblage de mes fragments, j'avais dispersé sur le plancher en lattes de pin du chalet les trois cents pages de mon manuscrit. Les portes-patio étaient grandes ouvertes et le vent du lac avait éparpillé quelques feuilles dans le salon. J'ai relevé la tête en soupirant vers l'horizon de la baie de Venise-en-Québec, au loin sur l'autre rive, et j'ai eu une pensée pour la voyante de la Rive-Sud : c'était peut-être là sa vision de mon futur, écrire dans un chaos de papier au bord de l'eau.

Grand froid numéro douze

« 2008. Mi-août. Rivière Bonnet Plume, Yukon, soixante-cinquième parallèle. Hiver enneigé, printemps tardif, été pluvieux. La rivière déborde, les canots poussés en aval presque sans effort de notre part. Sillonnant les flancs des montagnes qui définissent la vallée, à une altitude trop basse pour notre confort, une courbe de niveau virtuelle au-dessus de laquelle le paysage passe au noir et blanc. Déjà la neige. Il vente.
Il pleut depuis une semaine. Il pleuvra en fait jusqu'à notre destination, loin au nord, sur la Peel, où un mètre d'eau recouvre la plage de galets sur laquelle nous avons naïvement donné rendez-vous à l'hydravion…
Pieds dans l'eau glaciaire, chargée de limon. Pas mieux dans le canot : à chaque coup d'aviron, quelques gouttes glissent de la pale le long du collet jusqu'à l'olive, nos mains sont trempées. Rien n'y fait : néoprène, Gore-Tex, combinaison étanche, laine polaire. Tuque. Je porte tous mes vêtements. Un grand frisson de quinze jours. »

Celle qu'on ne voit pas

Le réveil est brutal. En une seconde, je passe du sommeil profond à une décharge d'adrénaline. Un sentiment que le bâtiment vibre me prend au corps et l'accélération cardiaque est immédiate, affolante. Comme mue par un mécanisme de diable à ressort, ma tête confuse s'éjecte de l'oreiller pour mieux affûter ses perceptions. Je mets un moment à comprendre dans quel lit je me trouve, à rétablir la spatiotemporalité de ma chambre et de la nuit, à ralentir mon souffle, mon sang. Il est 1 h 52 du matin et, dehors, un bruit s'amplifie.

Un hélicoptère passe et repasse à basse altitude au-dessus du chalet où je me suis réfugiée pour écrire. Le bourdonnement des pales et le grondement du moteur troublent la quiétude de la nuit dans la baie Missisquoi. Les sonorités venues du ciel percutent le toit en tôle, rebondissent sur la paroi rocheuse de la falaise, ricochent sur la surface gelée du lac Champlain en magnifiant leur résonance sur leur trajectoire.

Sûrement une chasse à l'homme, me dis-je en déroulant à rebours mes lombaires vers le matelas. Ou une patrouille lancée sur la trace de migrants illégaux. La frontière canado-américaine est à moins d'un kilomètre. Il m'arrive, lorsque je sors courir ou marcher en forêt, d'apercevoir au milieu d'une large éclaircie débroussaillée deux ou trois des quelque huit mille bornes en béton blanc qui délimitent les deux territoires. Douze ans que je dors ici plusieurs fois par mois et je n'ai jamais rien entendu de tel. Plus ou moins rassurée, je me rendors et enchaîne une série de cauchemars jusqu'à l'aube.

Au cours de la matinée, j'apprends par le journal régional *La Voix de l'Est* qu'on cherche un sexagénaire disparu la veille, vraisemblablement noyé dans les eaux glacées.

« L'adepte de ski cerf-volant a été aperçu pour la dernière fois vers 13 h 30 sur les glaces du lac Champlain, dans la baie de Venise. Son véhicule a été localisé dans le stationnement du quai municipal de Venise-en-Québec. Au moment de sa disparition, il était vêtu d'un manteau jaune, d'un pantalon noir et d'un casque noir. Il était aussi équipé de skis ainsi que d'une voile pour la glisse aérotractée de couleur orange. Il mesure 1 mètre 78 et pèse environ 79 kg. Il a les cheveux gris mi-longs, il porte la barbe et a les yeux pers. La Sûreté du Québec demande aux résidents du secteur de vérifier sur leur terrain et autour de leur résidence la présence de tout indice ou pièce d'équipement qui pourraient l'aider à localiser l'homme. »

Grand froid numéro trois

« Janvier 1979. J'ai huit ans. Mon père, ma sœur et moi marchons vers le Salon funéraire Tomasso. Ou Tomassi. Était-ce un *o* ou un *i* ? J'oublie. J'oublie aussi si on m'a tenu la main. J'oublie si j'ai pleuré. J'oublie presque tout. Sauf quelques détails. Je n'oublie pas le manteau de fourrure de ma professeure de deuxième année dans lequel je m'étouffe lorsqu'elle me serre tout contre elle. Je n'oublie pas l'odeur écœurante d'eucalyptus des bouquets mortuaires. Ni l'odeur de cigarette des oncles qui fument dans le sous-sol. Ni le satin couleur chair du cercueil dans lequel repose ma mère. Je me rappelle aussi très clairement qu'on me demande si je veux toucher son corps. Agenouillée sur le prie-Dieu, je dis non. Et un grand froid entre dans ma vie. »

Celle qu'on ne voit pas

Je regarde le lac par la fenêtre. Chaque printemps, j'espère être sur les lieux pour assister à la rupture du couvert de glace, un suspense d'une beauté angoissante. Cette année, on se croirait dans un paysage vaporeux de lande aquatique, un homme manque à l'appel et la réalité rattrape ma fiction sibérienne. J'ai abandonné Anna en pleine nuit sur le lac Baïkal qui menace de l'avaler et je n'arrive pas à écrire la scène finale.

Les failles d'eaux noires et calmes s'élargissent d'heure en heure, s'agitent soudainement de quelques ridules à la surface. Bientôt, des plaques glacées d'un gris moutonneux se détachent en formes parfois floues, parfois nettes comme des figures géométriques. Ici un trapèze, là l'ancien rectangle de la patinoire que mes enfants ont pelletée au milieu de l'hiver.

À mesure que le brouillard monte jusqu'entre les arbres, sa pâleur incertaine ajoute une couche de confusion dans cette horizontalité. Les yeux plissés, j'essaie de désembrouiller les contours de la matière. Je tente de reconstituer la ligne délimitant la part aquatique de la part céleste, mais, vues d'ici, les vapeurs d'eau imbibent tout, se confondent avec les nuages. Au bord de la falaise, les grands cèdres s'effacent. Gardiens fantômes de la sublimation des glaces et de la neige, bientôt leurs écorces embrumées ne sont plus que des ombres.

Puis, l'espace de quelques minutes, le ciel se dégage, vient refléter son bleu dans les ouvertures d'eau. Les arêtes des fragments de glace deviennent ardoise ou vert moisi, presque bronze par endroits. Ailleurs, quelques bordures encore blanches, pour ce qu'il reste de neige, une question d'heures avant que ce ne soit que de l'eau.

Troublée par la disparition et la débâcle, je peine à me concentrer. J'attends un appel, un rendez-vous téléphonique déjà reporté maintes fois par mon éditeur concernant un projet qui me préoccupe. Ce silence ne lui ressemble pas. En fin de journée, je n'ai toujours pas de signe de lui et je renonce à le relancer.

À la recherche de matériaux d'écriture, je parcours le *Glossaire des glaces* d'Environnement Canada et recopie la définition suivante, pensant que ça peut toujours servir.

> *Brèche de séparation*
> *Étroite zone de séparation entre la banquise et une banquise côtière où les morceaux de glace sont dans un état chaotique ; elle se forme quand la banquise subit un cisaillement le long de la ligne de démarcation de la banquise côtière sous l'effet d'un vent ou d'un courant fort.*

Puis je sors photographier le lac pour me changer les idées lorsque des agents vêtus de vestes orange fluo viennent inspecter mon terrain et les bords de la falaise. L'un deux émet un commentaire sur la flaque d'eau à travers les glaces. Je lui explique qu'hier encore, ce n'était qu'une faille étroite. Il mentionne que l'homme avait l'habitude de venir dans le coin pour pratiquer son sport, qu'il portait un manteau jaune. J'ajoute que la toile du parachute est orange. Ma voix se trouble quand je dis : « Je surveille les eaux. »

Au loin, les oiseaux qui reviennent de leur migration criaillent. Des lignes de bernaches, petits traits noirs, agitent leurs ailes frénétiquement dans la blancheur, leur V se disloque, s'étire. Leurs cris se mêlent aux oiseaux communs, mésanges et cardinaux qui chantent un air plus vif et léger, celui des amours peut-être.

Les patrouilleurs s'éloignent en longeant la falaise vers le sud. On entend le lac gronder, une tension subaquatique. L'hélicoptère se remet à arpenter le ciel, puis des pluies fortes se mêlent à la confusion et au concert. Sur le toit métallique, ça martèle par intermittence. Mon angoisse de voir apparaître un noyé s'accompagne du crescendo des glaces sur le point de mourir sur place ou d'être emportées vers le Vermont, là où le corps du disparu sera retrouvé le lendemain, sur les rives américaines du lac Champlain.

En lisant la nouvelle, je me dis : « Il est mort en faisant ce qu'il aimait. » Et je pense au marathon du lac Baïkal, couru l'hiver précédent.

Grand froid numéro dix

« Le froid du corps
La Floride est un pays de fantasmes chauds.
De plages, de palmiers et de mangrove qu'on parcourt sur des aéroglisseurs.
Un endroit de moiteur.

En janvier 2010, je m'y suis rendu pour courir un marathon : le marathon de Disney.
C'était le jour le plus froid depuis des années.
Les oranges et les pamplemousses gelaient sur les arbres.

Le départ, donné à Epcot Center, avait lieu à 5 h 50 du matin. Moins cinq. Le vent empirait les choses. Le ciel, gris, ne se dessinait pas encore. En short et chandail à manches longues, j'étais incapable de contrôler mes frissons. La procession vers le quai de départ m'a semblé éternelle. J'avais mal aux os. Chaque pas résonnait dans mes jambes, comme si elles étaient faites de bois. Je suis parti avec le dernier groupe. Foulées maladroites et sans souplesse. J'ai couru de toutes mes forces avec la simple intention de réchauffer mon sang. Le jour s'est levé. La course s'est terminée. Les tremblements ont repris à l'arrivée. Avec une amie, je me suis rendu dans la voiture

que j'avais louée, j'ai mis la clé dans le contact et j'ai démarré avec le chauffage au maximum. Les vitres se sont embuées, je me suis endormi.
Avoir froid dans un pays de chaleur, c'est avoir encore plus froid.

Le froid de l'âme
Au téléphone, il y avait sa voix qui cherchait à me consoler. Elle aimait quelqu'un d'autre, me disait qu'elle gardait d'excellents souvenirs, me souhaitait bon courage pour la suite. Quand on constate qu'on a perdu la capacité d'émouvoir l'autre, que ce n'est plus nous qui produisons cet effet, les bons mots tendus sont des glaçons dans le dos, des couteaux froids plantés gentiment. »

NORD

« L'eau sera si froide que je ne pourrai guère faire de mouvements. Tout juste le plaisir de me sentir exister, au plus vif de moi, au centre glacé des choses qui émergent de la nuit, s'étirent et bâillent, frissonnent et cherchent leur lumière et leur chaleur, à l'horizon. »

Anne Hébert,
Les Fous de Bassan

Lac

Déjà un moment qu'elle marche en silence aux côtés de l'homme. Occupée à regarder où elle met les pieds, évitant de son mieux les accumulations d'eau à ma surface, elle relève parfois la tête, plonge dans ses souvenirs, se perd dans ses pensées, dans l'observation du ciel. Tantôt blanc de neige, puis lumineux un instant, bientôt il lui apparaîtra lourd et inquiétant.

Celle qu'on ne voit pas

Pour ses quatorze ans, j'invite ma fille dans un spa des Cantons-de-l'Est. Nous passons la journée à nous livrer au rituel chaleur, froid et repos selon « des traditions millénaires de l'Orient, du Moyen-Orient, de la Scandinavie jusqu'aux Amériques ». Corps en sueur, corps glacés, corps indolents, nous nous déplaçons de station en station, du bain à remous avec vue grandiose sur les Appalaches au bassin vivifiant, du sauna finlandais au lac Gale gelé, du bain turc à la douche froide, de chaises longues en gros poufs. Bien molles dans nos robes de chambre blanches, circulation sanguine qui circule comme jamais, nous nous rendons au cinéspa. Nous prenons place côte à côte, écouteurs sur les oreilles pour nous détendre devant un épisode d'une série documentaire sur la vie secrète des lacs. Ça tombe bien, c'est sur le lac Baïkal.

La pièce sombre est déserte. Nous nous calons dans nos fauteuils, les profondeurs aquatiques à nous toutes seules, attentives à la voix de Charles Tisseyre : « Son régime climatique est des plus rigoureux : jusqu'à moins cinquante degrés l'hiver. Mais ni la glace ni le vent d'un hiver sans fin ne font obstacle au développement d'une vie animale et végétale unique au monde. »

Quand apparaît à l'écran une camionnette UAZ blanche émouvante de solitude qui roule sur des glaces somptueuses, traversées par une infinité de failles aussi captivantes que les lignes d'une main, je chuchote à ma fille : « C'est là que je veux aller courir. Tu crois que c'est un signe ? »

Anna

Même ici, près du lac, ce n'est jamais un pur silence. On ne peut pas faire abstraction des vents, des grondements, des craquements de la glace qui fêle. J'ai toujours été sensible aux bruits, à ce qui occupe le fond sonore, agacée par les gens qui parlent trop, trop fort, qui déplacent de l'air. Je leur préfère les bruissements, les chuchotements. Le secret ne me tourmente pas, je me range du côté des mots contenus, en paix avec le flot tranquille des pensées que je n'exprime pas. Je me méfie du tapage. J'aime être une folle qui se parle à elle-même.

Quelques flocons, des cristaux, bientôt de l'eau dans la paume, ça ne pèse rien, presque rien. Je porte la neige à mes yeux, m'en couvre les paupières. Un masque de neige que je modèle sur la courbure des orbites jusqu'aux arcades sourcilières. J'enneige mon regard. Ce n'est pas blanc, c'est tout rouge. Quand j'étais petite, j'avais peur de ce qui se passait quand je fermais les yeux. Je craignais que le monde disparaisse ou plutôt qu'il existe seulement parce que je le contemple. Je me sentais responsable de ce que je ne voyais pas.

En l'espace de quelques enjambées, le blanc qui voilait le ciel en début de journée se dissipe. Anna et moi avons le même réflexe de lever la tête vers le soleil, comme des lézards sur un rocher. Quand l'hiver n'en finit plus, on devient des désespérés en manque de lumière.

Pendant cet intermède de clarté, Anna se décrispe, d'abord la nuque puis les épaules, et pour moi c'est pareil, je me détends un peu quand je constate qu'elle ferme les paupières, baisse sa garde, s'oublie dans ce rayon de lumière inespéré.

Je suis sur le point de lui demander à quoi elle pense quand elle se tourne vers moi : « Toi qui vis en Sibérie, j'aimerais bien que tu me racontes le plus grand froid que tu as vécu. » Elle me résume la démarche artistique de Gaby, ajoute que, des années plus tard, sa confidence de froideur serait beaucoup plus tragique que l'histoire banale qu'elle avait racontée dans le train.

Je respire un grand coup comme si j'avalais une lampée d'alcool aussi brûlant que le ciel.

– À son retour de Tchétchénie, Youri était méconnaissable. Je composais avec ses sautes d'humeur, son agitation, son côté autoritaire qui contrastaient avec l'homme doux d'avant la guerre. J'avais proposé qu'on parte tous les deux en randonnée du côté de l'Oural, dans le parc national de Taganaï, pas très loin de la maison où j'ai grandi. Je connaissais bien l'endroit, on y allait chaque été en famille et j'étais persuadé qu'au milieu de la forêt, avec le grand air et les nuits étoilées, il se sentirait mieux.

– Ça ne s'est pas bien passé ?

– Je n'arrive même plus à remettre les pieds dans la région.

– On peut parler d'autre chose, si tu préfères.

– Quand Youri a commencé à ramasser le petit bois et à empiler les branchages, j'ai simplement dit que les feux n'étaient pas permis à cette période de l'année. Tout comme moi, il avait vu l'interdiction sur le panneau à l'entrée du parc. Il s'est énervé, m'a accusé de ne pas lui faire confiance. Je me suis complètement effacé quand il s'est mis à gueuler que c'était une nuit sans vent, qu'un militaire comme lui savait maîtriser un feu et que je ne savais pas user de mon jugement. Je l'ai aidé à fendiller le bois, j'ai soufflé aussi fort que lui sur les braises. Je… j'ai nourri le feu.

T'es-tu déjà demandé comment on se sent quand on voit aux nouvelles que les flammes font rage pendant douze jours, que des milliers d'hectares de forêts centenaires brûlent, et qu'on est responsable de l'incendie ? Dans trente ans, les bouleaux seront encore noirs et dénudés, les conifères tout rabougris. On ne voit que ça dans le paysage : des cicatrices, une dévastation. À laquelle s'ajoute celle d'avoir perdu un ami.

Youri n'a jamais voulu reconnaître notre culpabilité, il continue de jurer qu'il a éteint le feu en quittant le campement. Quand j'ai voulu lui dire à quel point j'étais accablé, il m'a raccroché au nez. Il a pris ses distances, ne voulait pas en entendre parler. J'ai fini par comprendre qu'en m'expulsant aussi froidement de sa vie, c'est tout le souvenir de cette nuit-là qu'il cherchait à rayer de sa mémoire. Je tremblais de rage ou de désarroi en lisant ses lettres, c'était comme s'il se dédouanait. Moi, je reconnais que j'ai mal agi. Je devais être lourd à force de ressasser l'incident, mais je sais aussi que ma réaction était humaine, et la sienne avait quelque chose d'inhumain.

Voilà, pour moi, c'est le froid le plus cruel et ingrat : retirer tout espoir de réconciliation. L'impossibilité de la réparation. On entend si souvent que le temps arrange tout, mais lui disait exactement le contraire : « N'espère surtout pas que le temps y changera quelque chose, cette amitié me pèse et je m'en libère, c'est fini pour de bon. » Et on a beau dire qu'après un incendie, la forêt se régénère, dans ma propre vie, j'ai du mal à voir ce qui pourrait s'enraciner sur les cendres de notre histoire.

Anna

« Je peux comprendre la réaction de Youri. Parfois, l'écart qui se creuse entre deux personnes est infranchissable, c'est ce que j'ai vécu avec Gaby.

Je ne pensais pas la revoir après la Russie, mais elle a tenu sa promesse, elle m'a envoyé la photo qu'elle avait prise de moi dans le Transsibérien. Un portrait d'une intensité envoûtante, à l'image du choc de notre rencontre. La photo a même trouvé sa place dans son livre *Cold and Far*, qui a lancé sa carrière de photographe.

Contre toute attente, malgré la distance, on a gardé contact pendant assez longtemps. Chaque fois qu'elle partait pour ses projets artistiques, elle m'écrivait des lettres-fleuves. Ses récits me parvenaient souvent avec des semaines de décalage. Je lui ai aussi beaucoup écrit, à chacun de mes voyages. Elle m'a transmis ça : le goût d'être ailleurs. L'audace d'y aller. À mon retour chez moi, et ce devait être la même chose pour elle, je trouvais toute une pile d'enveloppes aux timbres colorés que je décachetais le cœur battant : un autre périple m'attendait.

Deux ou trois ans après notre rencontre, je l'ai retrouvée en Indonésie dans l'archipel des Moluques. Elle voulait que je l'accompagne jusqu'en Irian Jaya. C'était difficile à l'époque de visiter la Papouasie. Dans le guide touristique auquel je collaborais, on ne manquait pas de rappeler aux voyageurs la disparition de l'héritier Rockefeller, dans les années 1960, dont on n'a jamais retrouvé le corps, possiblement dévoré par des guerriers coupeurs de têtes. Gaby se moquait de ces histoires, c'était comme si le danger n'existait pas. Sa vie était une ligne de risque. Elle avait proposé à un capitaine de pétrolier de nous prendre à bord en échange de leçons d'anglais. Je m'étais laissé convaincre par son assurance et son enthousiasme. Je l'ai regretté. C'est la dernière fois que je l'ai vue et je n'ai plus jamais répondu à ses lettres. Si ton grand froid avec Youri est né dans les cendres d'un feu de forêt, pour moi, c'est en plein cœur de la jungle que le vrai visage de Gaby s'est révélé, et je préfère ne plus y penser. »

« Sait-on jamais à qui on a affaire ? On se figure à tort des gens lisses et fiables, sans secret, alors que la plupart des tourments sont invisibles, terrés profondément en nous. On croit connaître quelqu'un depuis des années, on ne se méfie pas et on découvre, en une minute, une sale minute, que cette personne est capable de se comporter d'une manière jusque-là inconcevable.

On venait à peine de débarquer sur l'île. Je voulais visiter le marché, acheter des fruits et des souvenirs. Quand il est apparu au bout d'une allée, Gaby m'a donné un coup de coude. J'ai d'abord pensé qu'elle voulait le photographier. Jeune, musclé, l'homme portait seulement un pagne et, au lieu de détonner, sa quasi-nudité le rendait magnétique. Une allure de guerrier, c'était évident qu'il venait d'un autre monde. Elle est allée vers lui. Tout naturellement, sans hésitation. Elle s'est penchée à ses pieds, a ramassé deux ou trois statuettes en bois, les a à peine regardées tant elle le dévisageait, lui, avec intensité. Gaby a baragouiné quelques mots et, avec des gestes, lui a demandé d'où il venait. Il s'est retourné pour pointer un sentier qui, au bout d'une certaine distance, serpentait dans la colline et s'enfonçait dans la jungle. J'ai entendu la peau de Gaby résonner comme un tambour alors qu'elle martelait sa poitrine de la paume. Puis, à la hauteur de son visage, elle a délicatement levé le poignet et deux de ses doigts ont déambulé dans le vide. J'étais suspendue à son geste enfantin, à cette paire de jambes audacieuses qu'elle mimait au ralenti. “Anna, on va visiter son village”, a-t-elle dit sans se tourner vers moi. »

Gaby

Tchaïka,

Je sais que tu ne veux plus rien entendre de moi. Je comprends que je t'ai perdue, même si j'espère toujours que le courrier m'apporte des nouvelles de toi. Peut-être déchires-tu mes lettres sans même les ouvrir. Malgré tout, je voudrais te raconter. Mon grand froid à moi.

Je l'ai suivi dans la jungle. Tu trouvais que cette fois j'allais trop loin. J'aurais voulu que tu comprennes qu'il me fallait vivre ça. Ton malaise, je ne le ressentais pas. J'ai compris après, une fois sur place, le danger que toi, tu avais pressenti.

Tchaïka, je regrette de t'avoir plantée là, en Irian Jaya. C'est toi qui avais raison, je ne pouvais pas débarquer ainsi au cœur d'une tribu papoue sans rien connaître de ses rituels, envahir son espace sacré, me glisser dans les bras de l'un des leurs sans provoquer une onde de choc.

J'y suis restée quelques nuits. Peut-être les nuits les plus intenses que j'ai vécues et que je vivrai jamais. Un envoûtement, c'est le seul mot que j'ai trouvé pour décrire cette expérience. Mais quand j'ai vu que le village entier s'imaginait que j'unirais ma vie à la sienne et que je resterais auprès d'eux, qu'on ne me laisserait pas partir, tout mon corps s'est mis à trembler. Je claquais des dents. J'ai profité d'une visite où je l'accompagnais avec ses statuettes au marché. Je lui ai montré mon passeport, la page de mon visa, j'ai gesticulé pour lui dire : « Je vais revenir. » Il a saisi mon poignet, m'a regardée comme personne jamais ne m'avait regardée. J'ai réitéré : « Je te le promets, je vais revenir, attends-moi. »

Encore aujourd'hui, quand je pense que cet homme m'attend peut-être encore, avec tout ce que l'attente peut contenir de tourments et d'incompréhension, mon ventre devient un océan glacé. Je suis entrée dans sa vie pour le trahir cruellement, l'abandonner sans explication et il pense peut-être qu'ici en Amérique, c'est ainsi qu'on traite les autres. *There's something wrong with me*, c'est toi qui avais raison, et c'est bouleversant.

L'Ours

– Je n'ai pas ton talent pour le détachement. Je rêve parfois qu'il est ici, sur le lac. Ça m'arrive souvent, même si je ne lui ai pas parlé depuis des années. Et c'est toujours le même scénario. Il m'apparaît en songe là où je ne l'attends pas. Je ne suis pas surpris de le voir. Tout au plus un petit moment de malaise. Puis, invariablement, nous nous réconcilions. Il me serre dans ses bras, me dit qu'il est désolé. Je dis : « Moi aussi, Youri, moi aussi. »

Ou alors je rentre et il est chez moi, en train d'écaler un œuf. Je le reconnais de dos, à sa nuque large et creuse. Parfois, ces cauchemars-là sont traversés de visions monstrueuses, Youri au loin sur le lac, je crois reconnaître sa démarche, je m'élance vers lui et, quand je m'approche, c'est une créature mi-homme mi-bête qui se trouve devant moi. Une tête de corbeau sur une carcasse d'épouvantail vêtue d'un uniforme militaire, des ailes noires se dépliant d'une veste kaki ou encore des pattes de chien plantées dans des bottes de soldat martelant la neige durcie.

D'autres fois, je le vois sous l'eau, son visage sous la couche de glace, et il émerge comme si de rien n'était, je lui tends une serviette et notre amitié reprend : notre relation n'a souffert d'aucune fracture. Oui, nous nous retrouvons comme si la faille qui s'est dilatée pendant cinq ans pouvait se refermer en quelques secondes. Ces matins-là, au réveil, je ne me sens pas bien. Je suis triste alors que la journée commence à peine.

Et si j'ai le malheur de déplier et de relire une des lettres qu'il m'a écrites vers la fin de notre amitié, un vide se creuse dans mon estomac. La douleur me traverse, toujours aussi vive et sournoise : je n'oublie rien.

– Moi, j'ai brûlé toutes ses lettres.

– J'en serais incapable, mais c'est sûrement ce qu'il a fait des miennes. Allez, il est temps de rentrer avant que le soir tombe.

Anna

Quand il ouvre la porte, je cherche mes repères, je balaie du regard les angles du décor, restitue un à un dans la quasi-obscurité les objets qui composent ce chez-soi d'homme seul. Au mur, des tablettes en bois à peine poncé. Sur la table, une salière, une poivrière, une boîte de thé métallique et quelques tasses sont posées sur une nappe cirée à motif floral. Un calendrier est punaisé au mur avec des images de la faune sibérienne. Les carreaux des fenêtres n'ont pas été nettoyés depuis plusieurs saisons. Une lumière de crépuscule gommée de crasse se faufile sous une tringle dorée, dépouillée de ses rideaux au profit d'un store dont le mécanisme bloque une fois sur deux, m'a-t-il expliqué ce matin, en tirant sur la chaînette d'un geste sec. Près de son lit, la bibliothèque tient en deux tablettes. Des titres en russe et en anglais, dont un immense volume relié en cuir marron clair qui attire mon attention, presque aussi épais que l'amplitude de ma main. Je peine à le saisir et à l'approcher pour en déchiffrer le titre en lettres dorées, *The Webster Encyclopedic Dictionary of the English Language and Compendium of Usable Knowledge*. Certaines pages gorgées d'humidité forment des vagues sur la tranche.

Je fais pivoter délicatement le long du mors l'épaisse couverture rigide aux coins effrités et deux grands cercles d'un riche bleu de Prusse apparaissent sur les pages de garde, occupant presque toute la largeur. Sur la gauche, les constellations de l'hémisphère Nord et, à droite, celles de l'hémisphère Sud sont tracées à l'encre blanche à l'aide de points, d'étoiles, de losanges et d'autres minuscules symboles stellaires.

– « *The star-glittering night sky whose teeming myriads populate space in every direction... they guide the mariner, the pilot, the wayfarer... they are the friends of the man, the delight of world.* »

De l'autre bout de la pièce, je lui récite ce bout de texte que j'ai appris par cœur, avec une voix aussi solennelle que celle du capitaine Kirk ou de Jean-Luc Picard quand ils récitent l'intro de *Star Trek*.

– La plupart des livres étaient déjà dans la cabane quand je suis arrivé. Je conservais ce dictionnaire juste au cas, pour alimenter un feu si je suis mal pris, mais finalement j'ai fini par m'y attacher. Regarde les planches en couleurs vers la fin. On y parle du projet Apollo. C'est l'édition de 1965, alors que le voyage sur la Lune se conjugue encore au futur. « *Even if we could go at the speed of light, trips to other galaxies would seem impossible. Yet, who can say that mankind has any limitations?* »

Anna me lit la conclusion :

– « *However, the capacity of man to extend himself has yet to be restricted. The time will come when new advances which are now little more than dreams will become physical reality. Such a time is with us now, as we rap ever more effectively on the window of outer space. We are ready for the shattering breakthrough and the march to other worlds… In Peace!* » Avec un P majuscule.

Je l'invite à sortir pour lui montrer l'étoile Polaire. Elle regarde le ciel, incertaine. Pour elle, la luminosité des étoiles, c'est du pareil au même.

– Je ne sais pas regarder, dit-elle en plissant les yeux, je ne vois que l'immensité, je n'arrive pas à isoler une étoile, j'ai besoin de les voir toutes comme des sœurs de brillance là-haut.

Elle ne connaît pas les constellations. Je lui pointe mes repères. Celle-là au bout de la casserole. Et cette autre là-bas qui répond à une autre placée au bout d'une ligne de cinq, elle ne la voit pas non plus. Je sais lire le ciel, ça s'apprend. Je voudrais lui montrer. C'est Youri qui m'a enseigné comment lire les étoiles.

– Pendant tout cet épisode – j'ai appelé ça un épisode –, j'avais une image qui m'obsédait et qui surgit encore parfois quand je pense à l'incendie, à Youri.

Je suis dans un trou, je tente de remonter à la surface et je n'ai pas la force de me hisser. Je m'accroche aux cailloux brûlants de la paroi. Ma prise est fragile, la terre s'effrite sous mes doigts crispés, désespérément agrippés pour ne pas tomber davantage. Et dans cette vision, mon ami Youri est là. Il surplombe le précipice, solide et droit, il ne se penche pas vers moi, il reste là, debout, implacable. Je ne vois pas son visage, mais je vois son pied, sa grosse botte qui se soulève et vient écraser mes phalanges. Toute la scène se concentre sur cette image du pied de mon ami, sa lourde botte qui broie mes doigts pour s'assurer que je cède. Et je tombe, c'est interminable.

– Une chute sans fin, oui, je vois très bien.

Lac

Je crois aux Nuits. Tu avanceras, tu y verras clair. Tu apprendras des ténèbres ce qu'il faut apprendre, trouveras ta clarté dans la nuit noire. Sous la lune, tu ne ralentiras pas la cadence. Ton élan demeurera le même sous les étoiles. Tu tromperas la fatigue. Tu t'imagineras dans la chaleur et l'éblouissement d'un bord de mer. Dans le noir, tu hallucineras des déserts et des plages de sable. Tu créeras ton feu et ta trajectoire, tu sauras te déjouer. Il suffit de lever les genoux, poser les bottes, balancer les bras, regarder au loin, là où tout semble possible, dilué dans un flou qui masque la laideur et les spectres.

J'ai retardé le moment. Je voulais être sobre. Je savais que si j'ouvrais la bouteille de vodka, si j'offrais à boire à cette femme, la soirée deviendrait périlleuse. C'est elle qui a insisté avec un sourire large comme ça, son premier sourire depuis son arrivée. En pointant du menton l'étagère où je garde mon alcool, elle a demandé d'une voix rugueuse :

– On se verse à boire ?

– Et tu me raconteras d'où tu arrives comme ça ?

Elle a baissé la tête, puis m'a regardé droit dans les yeux :

– Je préférerais que tu me dises comment toi, tu es arrivé ici.

« Je suis dans cette cabane depuis un an, je crois que je pourrais y finir mes jours. Ici, j'évalue ce que je suis, l'homme en milieu de vie que je suis devenu, pas nécessairement celui que je voulais être. Je n'ai jamais habité avec une femme et, si j'en ai connu beaucoup, surtout quand j'étais plus jeune, je n'ai jamais su m'engager très longtemps. Je n'ai pas su aimer, faire des enfants, m'enraciner, et quand on me dit qu'il fallait y penser avant, ça me rend malade.

Je n'ai rien accompli de grandiose. Mais ici, même si je ne suis qu'un simple opérateur de machinerie, j'ai enfin l'impression de participer à un projet d'envergure. Sur les origines de l'univers, la composition des étoiles, l'antimatière et plein d'autres choses qui nous dépassent et expliquent qui nous sommes, d'où nous venons.

Il faut dire que l'éloignement me convient. Pendant trois ans, je n'ai pas parlé à ma mère, sa maladie m'a appelé à son chevet, puis elle est morte. Je m'en veux, mais j'essaie de ne pas y penser. Je n'étais pas doué pour la famille. Comme mon père, que j'ai perdu de vue depuis longtemps, jusqu'à oublier le timbre de sa voix. Quand je pense à lui, je ne revois qu'une scène : enfant, il m'obligeait à lui frotter le dos dans la baignoire, mais aussi à l'âge adulte quand je lui rendais visite pour quelques jours. Il m'appelait vers la fin de ses ablutions, je trempais avec dédain le savon dans l'eau devenue grise, et le malaise que j'ai pu éprouver au contact de cette peau blanche et flasque conserve la netteté de ses contours. J'aurais aimé penser qu'il est tout naturel pour un fils de prendre soin de son père. Ce geste aurait pu être touchant si je m'étais senti proche de lui. La vulnérabilité d'un dos nu qu'on ne peut atteindre soi-même, l'intimité que ça implique… mais je frottais un homme dont je ne savais rien. Si un jour j'ai un fils, jamais je ne lui imposerai ça.

Je ne sais pas cuisiner, je me contente d'œufs durs et de pâtes à la sauce tomate. Je pourrais manger la même chose chaque jour. J'ai déjà eu un chien, un golden retriever qui est mort de vieillesse. Sinon, voilà, je suis seul et, moins je vois de monde, moins j'ai envie d'en voir, tu comprends ? »

Je remplis son verre en silence. Nous trinquons. « À la tombée de la nuit ! » dit-elle dans un demi-sourire. Je la dévisage alors qu'elle porte le verre à ses lèvres. Elle soutient mon regard comme une femme qui a déjà trop perdu et qui ne s'émeut plus de chavirer. Ses yeux ont la couleur de la mousse végétale, un vert forêt mélancolique dans lequel je me perds un instant comme un port dans lequel j'hésite à m'amarrer. Je mesure la distance entre nous, à peine quelques centimètres, une épaisseur d'air qui m'apparaît océanique. Nous sommes là immobiles, les lèvres au bord de nos verres, dehors le vent se déchaîne, les carreaux de verre frémissent dans le cadre de fenêtre et j'ai l'impression que mon corps est régulé par cet entrechoquement de la matière dans la tempête. Je n'ai pas le pied marin. Dans ces yeux-là, le mal de mer me prend.

Celle qu'on ne voit pas

Je préfère me mouvoir par la force de mes muscles plutôt que d'être mue, transportée par des moteurs. Enfant, je vomissais presque à chaque long voyage sur les routes malgré les cuillerées de Gravol à la saveur de banane-fraise. Je suis souvent une passagère blême en voiture. Même chose pour les cargos, les navires ou les traversiers, où je finis systématiquement agrippée au bastingage, le cœur au bord des lèvres, à chercher un oiseau dans le ciel pour ancrer mon regard. Encore l'été dernier, lors d'une excursion en mer pour aller voir les fous de Bassan à l'île Bonaventure, j'ai dû prendre sur moi. Le mouvement plus stable des trains et des avions me convient mieux, ce sont les seuls moyens de transport que je tolère bien.

Le mieux reste encore de me propulser moi-même. En courant, en pédalant. En pagayant, à la limite.

L'Ours

Je ne sais plus combien de vodka on s'est versée ainsi, combien de silences et d'entrechoquements de cristal de Bohême se sont succédé avant que, chauffé à bloc par mes plongées dans ses yeux, rassuré par son regard qui parfois éclaire sa peau jusque dans les sillons étoilés autour de ses paupières, je parvienne à la faire parler.

– Attends, je te verse encore un peu de Moskovskaya ?

Anna

« **C'est un effondrement.** Je ne sais pas si tu peux comprendre, oui, je crois que tu peux mais, quand je prends sur un coup de tête un premier train par une chaude journée d'août, le fond de l'air est tellement humide et accablant que je n'arrive pas à avoir les idées claires, je suis dans cet état-là – je m'effondre – et je ne le comprends pas, ne peux me l'expliquer. La séquence des perceptions et des gestes à poser est court-circuitée, une stupeur. À Madrid, je me dis que je vais aller vers le sud, prendre un train vers le sud et puis voir après, et ensuite, à Gibraltar, l'envie me prend de remonter la péninsule Ibérique, puis je me trouve à bord d'un train vers l'est jusqu'à Prague, je suis projetée en avant, un coup partie, je ne peux plus m'arrêter, je rallie Berlin puis Moscou, et je ne vais pas te raconter les derniers mois parce que comment t'expliquer que je suis propulsée, je ne me pose que pour mieux repartir, des haltes pareilles à celles des oiseaux migrateurs, voilà, c'est comme ça que j'arrive ici, au cœur de l'hiver à la gare d'Irkoutsk, et je me mets à marcher le long de la rivière Angara, même si je ne la vois pas, cachée par les épinettes noires. Ce mouvement qui me porte, j'ai cessé d'en douter. La fatigue aidant, l'idée même de le comprendre a été évacuée, et peu m'importe d'être folle. »

L'Ours

Je suis encore à tenter de me représenter le cours de son itinéraire insensé en visualisant une carte géographique de l'Europe ; j'y trace mentalement des points pour les gares et des lignes qui les relient quand, d'un bond, elle se lève et attrape sa parka. Elle franchit la porte avec une manche à moitié mise, une botte dans la main, l'autre au pied. Le temps que je comprenne, elle est déjà en route, achevant de refermer son manteau et d'ajuster ses gants sans ralentir le pas. Je n'ai pas la même impulsion. Je cherche mes affaires, prends le temps de lacer mes bottes, me disant qu'elle ne peut pas aller si loin dans le noir et le froid.

Je mets un moment à trouver mes clés, à verrouiller la porte. Si bien que, lorsque je marche dans la trace qu'elle a laissée au sol, Anna n'est déjà plus qu'une tache sombre sur le lac éclairé par la lune. J'ai trop bu. La ligne droite m'est difficile. Je n'ai pas envie de ce froid. Nous étions bien, au chaud, à faire connaissance. Je lui crie de revenir, que ce n'est pas une bonne idée de se promener la nuit avec ce vent. J'ignore si elle m'entend.

Lac

La revoici.

J'observe son avancée étrange contre les vents. Son corps se découvre une nouvelle façon de résister, mais aussi une forme d'abandon quand la bourrasque lui donne un élan qu'elle n'a pas vu venir.

Ses cils et ses sourcils se recouvrent de givre. La neige glace son visage, les flocons prennent de la vitesse, des allures de grêle qui fouette la peau. On ne voit plus le ciel. L'espace rétrécit, se charge de stries blanches.

Elle plisse les yeux. Là où il y avait du vide à conquérir, il y a maintenant un horizon bouché. Elle ne se démonte pas, elle avance en détournant légèrement la tête vers la gauche, offrant sa joue et sa tempe droites au plus mordant, des bourrasques comme des gifles. Elle passe une manche sur son nez et ses yeux pour balayer l'excédent de neige et garder une vision à peu près claire.

Elle met un pied devant l'autre, progressant dans la neige comme dans une chambre sombre. Elle qui avait juré de ne pas aller du côté des questions et des explications, elle garde le cap : pas de marche arrière. Elle a choisi la traversée. Le corps tracté par une fixation, elle privilégie l'impulsion pure. Voilà où sa boussole l'a menée, en pleine tempête, à ma merci.

L'Ours

« Je vais traverser ce lac. » C'est ce qu'elle me crie en réponse, en plaçant ses mains en porte-voix. Et elle repart de plus belle. Je ne connais pas cette femme, je ne sais toujours pas d'où elle vient exactement ni où elle va ainsi, avec son regard mélancolique, son pas décidé. J'ignore de quoi elle est capable et je peine à la suivre.

Il me semble qu'elle accélère le pas, mais c'est peut-être moi qui ralentis. D'où lui vient cette fougue, elle qui était si faible hier, couchée dans mon lit, la vigueur d'une poupée de chiffon ? Et maintenant si pressée alors qu'elle avance vers nulle part dans le blizzard. Je regarde les traces que ses pas ont laissées à la surface. Une empreinte légère. Elle marche sans s'enfoncer alors que mes bottes pénètrent profond. La neige comme une ventouse me retient, brime mon mouvement. Le lac refuse que je la rattrape.

J'attends qu'elle fasse demi-tour, se couche les bras en croix sur la surface gelée, le visage éclairé par un filet de lune. Elle continue. Le pas d'une femme qui ne se ravise pas. Une femme qui fonce dans la nuit. J'ai mis longtemps à comprendre à qui j'avais affaire.

Celle qu'on ne voit pas

Quand je sors sur le quai de la gare d'Irkoutsk, le matin est glacial, un moins dix-huit mordant. Une brume couvre la ville. Le contraste est brutal avec l'intérieur surchauffé du wagon où la température variait de vingt-quatre à vingt-sept degrés Celsius. J'ai du mal à m'orienter et le mouvement du train est encore inscrit dans mon corps. Épuisée, transie et étourdie, je monte dans un tramway bondé de travailleurs. J'occupe trop d'espace avec ma valise et, en cherchant à me caser entre deux capuchons bordés de renard argenté détachable, je perds pied dans un virage. On me dévisage avec hostilité, me rappelle ce que je suis : une étrangère. La contrôleuse exige en criant avec rudesse un supplément bagages tout en pointant une grille tarifaire près du chauffeur, puis elle me prend sous son aile comme si j'étais une enfant, m'amène à l'arrière du véhicule, veut savoir d'où je viens, veille à ce que je ne loupe pas mon arrêt.

Only in Russia… Je suis toujours déroutée de voir qu'en ce pays la bienveillance peut succéder à l'hostilité dans la même minute, que le meilleur de l'âme humaine, le plus beau côtoie le plus sordide et la laideur la plus crasse. Les contrastes et l'absence de tempérance sont partout : dans le climat, la géographie, l'architecture, les relations. Dans la coexistence des extrêmes, chacun apprend à s'adapter.

Ici, je ne saurai jamais m'orienter comme ces chiens errants qui avaient appris à naviguer dans les somptueuses stations de métro de Moscou dans les années 1990.

À l'hôtel, je demande à la réception si je peux avoir la chambre plus tôt, je prends une longue douche brûlante puis m'endors pour plusieurs heures, assommée par un sommeil blanc.

Le lendemain, quand je rejoins les autres coureurs à l'aéroport d'Irkoutsk et prends place dans l'autobus qui nous transporte vers le lac Baïkal, je suis à peine remise de mon engourdissement. J'échange quelques mots avec une marathonienne de San Francisco qui n'a jamais couru dans la neige.

– *A friend dared me to do it*, m'explique-t-elle quand je lui demande comment elle a entendu parler de ce marathon.

Je m'abstiens de lui dire que je suis ici parce que j'écris un roman.

Nous sommes les deux seules femmes dans le véhicule avec la guide-accompagnatrice qui, près du chauffeur, se tient dos à la route et nous présente la région.

– Une légende bouriate raconte que le lac est né dans un grand tremblement de terre. Du sol effondré surgissaient des langues de feu. Les flammes dévoraient tout sur leur passage, les gens priaient tous les dieux d'éteindre l'incendie, mais aucune réponse n'est venue. En désespoir de cause, les gens criaient « *Bai gal!* », deux mots bouriates se traduisant par « Arrête-toi, feu! », puis l'incendie a cessé et la faille s'est remplie d'une eau claire et glacée.

Dans le micro, ses phrases grésillent désagréablement et, dehors, les forêts d'épinettes noires me font l'effet de sentinelles lugubres. Je l'écoute distraitement en pensant que c'est sur cette route qu'Anna amorce sa fuite en avant lorsqu'elle quitte Irkoutsk.

– D'autres légendes prétendent que le roi Baïkal, un vieux guerrier riche et puissant, avait des centaines de fils, mais une seule fille, la magnifique Angara. Le vieil homme autoritaire la cachait à tous. Mais la princesse Angara avait entendu les mouettes parler d'un homme beau et joyeux du nom d'Ienisseï – comme le grand fleuve de Sibérie qui se jette dans l'océan Arctique. Elle rêvait d'aller le retrouver. Son père l'a enfermée derrière sept portes et soixante-dix-sept serrures et a dit qu'il lui trouverait un mari à son goût. Juste avant le mariage arrangé, Angara s'est enfuie et son père ne l'a plus jamais revue. Il a pleuré jusqu'à son dernier jour et ses larmes se sont transformées en lac. Angara est devenu le seul fleuve qui coule du Baïkal, comme une fille qui court vers son bien-aimé.

Lac

Ce qui palpite sous la neige et les glaces : la froideur d'une eau peu explorée. Des milliers de vies vont et viennent, s'entredévorent sans la moindre préoccupation pour son avancée à la surface. Le monde des profondeurs, insoupçonné. Elle ressent un remous dans le ventre, elle comprend qu'une menace aux dimensions océaniques se joue sous ses pieds et que cette turbulence noire pourrait tout aussi bien se loger dans son ventre, sa tête.

À partir d'ici, il faudra naviguer à vue. Sa boussole sera son corps, les sursauts de son cœur, les crispations de son estomac et de ses poings, elle se fiera à son souffle qui selon le danger, le désir, la fatigue se met à dérailler comme un train fou ou s'apaise comme une plante qui replie ses pétales la nuit.

Anna

Des heures que je marche, et l'aube qui ne vient pas. Plus j'avance, plus je doute. À quoi se fier ? À la fatigue, à la douleur qui pulse dans mes pieds, à l'engourdissement de la peau exposée au vent, à l'humidité qui m'enveloppe comme un deuxième corps collé au mien. Tout ça m'informe peu sur mon avancée.

Et si je m'enfonçais plutôt depuis des kilomètres vers le cœur du lac ? Suis-je en train de tourner le dos à toute rive ? Je suis attirée par un point magnétique qui me fait dévier et osciller dans ma trajectoire comme si j'étais l'aiguille d'une boussole.

Celle qu'on ne voit pas

Enfin, j'y suis : Baikal Ice Marathon. J'ai enfilé le numéro quarante-six sur un coupe-vent mince. Collée sur ma peau, une fine laine mérinos Icebreaker Winter Zone dans laquelle j'ai déjà sué cinq hivers. Je tourne en rond sur le lac, cherche un équilibre entre le mouvement, nécessaire pour préserver ma chaleur, et l'économie de gestes et d'énergie. Les quatre, cinq, six prochaines heures seront éprouvantes. Je me concentre et me ménage. Ce sera mon douzième marathon. Le premier en hiver. Le seul pour lequel j'ai dû faire remplir une attestation de santé à mon médecin de famille. Les règlements tenaient sur plusieurs pages. Je me suis engagée à me couvrir la peau du visage contre les gerçures du froid sous peine d'être disqualifiée. J'ai également dû fournir mes chronos au marathon et au demi-marathon pour les cinq dernières années. Aussi, j'ai signé un protocole qui spécifiait à l'article 13.10 qu'au moment du départ j'allais rendre mes hommages au lac Baïkal.

Le moment venu, je m'approche d'une table où une bénévole emmitouflée me tend un gobelet en papier avec un fond de lait. En fermant les yeux un instant comme je le faisais enfant les rares fois où l'on m'emmenait à l'église et m'incitait à communier, je retiens mon souffle. Je focalise mes pensées sur le lac, la traversée, ce qu'il y a de sacré dans cette prise de risque que j'ai désirée et, tout en pivotant solennellement sur moi-même, je trempe mon annulaire dans le lait et en disperse une goutte à chacun des points cardinaux en chuchotant : « Nord, ouest, sud, est. »

Comme tous les autres coureurs fébriles autour de moi, je demande à ce lac vieux de vingt-cinq millions d'années d'être de notre bord. On nous a répété que sa météo change rapidement, que des rafales ou de nouvelles failles peuvent s'ouvrir, que, lorsque la poudrerie rend la visibilité nulle, il est dangereux de perdre des coureurs. En 2018, l'événement a dû être interrompu à mi-parcours et les coureurs ont été évacués en aéroglisseur parce que le vent du nord-est, le *verkhovik*, s'est déchaîné et qu'une fois mêlé au vent de la Bargouzine, il a atteint « la puissance d'un ouragan d'hiver ».

Ça fait des mois que je consulte le site gismeteo.ru, j'y ai appris qu'il y a peu de précipitations en hiver, mais exceptionnellement il a neigé trois fois dans les derniers jours. Un couloir bordé de petits drapeaux rouges s'ouvre devant nous. En cas de détresse ou de blessure lors de la traversée, on nous demande de nous arrêter et d'agiter un de ces drapeaux afin qu'un aéroglisseur, identique à celui qui nous ramènera de la rive bouriate vers la rive sibérienne à la fin de l'épreuve, vienne nous embarquer.

Tout s'est passé en accéléré : les préparatifs du matin, le petit déjeuner à l'hôtel, le moment où on nous a appelés un à un par ordre croissant de dossards afin que nous sortions entasser nos sacs dans les aéroglisseurs, puis la cérémonie des hommages.

J'attends le signal du départ, je sautille sur place pour me réchauffer, j'observe autour de moi : dix hommes pour une femme environ, grands et mieux équipés que moi, qui ajustent cagoules, gants, crampons. Plusieurs sont des ultra-marathoniens qui ont participé à des courses extrêmes comme l'Ultra-Trail du

Mont-Blanc sur cent soixante et onze kilomètres, avec plus de dix mille mètres de dénivelé, ou à des courses de deux cent cinquante kilomètres telles le Marathon des Sables dans le Sahara ou l'Ultra-marathon du désert de Gobi. Je ne suis pas de ceux-là. D'autres grelottent et se demandent ce qu'ils font là. Je ne suis pas de ceux-là non plus.

Je connais bien la neige. Courir dans le froid me procure un sentiment d'être incroyablement vivante. Je compte courir en poète.

Je choisis judicieusement ma place parmi les coureurs, un peu en retrait sur le côté. J'ai à peine le temps de souhaiter « bonne course » à mes voisins que le coup de pistolet du *starter* me fait sursauter. Puis la neige crépite sous les chaussures des coureurs du peloton qui attaquent fougueusement le parcours.

Lac

Aucun refuge. Seul son corps qu'elle courbe pour résister. Elle met les genoux sur la glace, incapable de se tenir debout, craignant d'être emportée par la rafale. Elle se dit que c'est peut-être ainsi que se terminera sa traversée. Un abandon. Elle dérive sur quelques mètres, poussée par le vent, perdant l'adhérence à la surface. Elle s'imagine renoncer à toutes ses résistances et se laisser porter ainsi par ce vent comme une vague terrible. Dans sa fatigue, elle confond tout. Elle ne sait plus si elle est dans l'eau ou dans l'air, elle perd pied. Des souvenirs de mer tiède et de soleil brûlant, de vacances à la plage lui brouillent l'esprit.

À la place des algues et du sel, des flocons et des cristaux de givre, une masse humide, froidement humide. Elle se laisse emporter. Bousculée vers la gauche et la droite, elle n'a plus la force d'encaisser cette violence, elle tombe à la renverse, reprend pied, se ploie par devant. D'un doigt tremblant, elle dégage ses yeux, ses cils glacés. De lourds amas de givre fondent au contact de sa peau exposée. Même si elle le voulait, elle ne saurait pas pleurer.

Sa respiration devient brûlante, elle compose de plus en plus mal avec l'air glacial et sec. Ce n'est plus la même vigueur qui circule de sa bouche désespérément entrouverte jusqu'au bout de ses orteils qu'elle agite dans ses bottes. Un mouvement minimal, un petit signe de vie comme si elle frappait trois coups à ma porte, sur ma froide écorce. Dans son immobilité, elle s'ouvre enfin à moi, ressent mon murmure sous les glaces. Et je m'ouvre aussi. Une large fissure.

Elle expire avec douceur, et j'entends un appel de détresse franchir ses lèvres, vibrer à même le nuage de vapeur d'eau suspendu devant sa bouche. Un flux la parcourt, se mêle à l'air et au sang qui transitent au cœur de sa poitrine. Je l'atteins jusque dans la fibre de ses muscles, la pénètre jusqu'aux poumons, longe de fines mailles de capillaires, creuse mon chemin jusqu'à la détente de millions de grappes d'alvéoles.

Celle qu'on ne voit pas

À mon tour de m'élancer. À nous deux, lac Baïkal…

Mon corps et mes pensées se stabilisent à la faveur de gestes mille fois répétés : me mouvoir, garder le cap, moduler ma vitesse, respirer, mobiliser la part de pure action animale. La nervosité se dissipe instantanément.

Je cours avec sous les pieds un kilomètre et demi d'eau claire sous environ un mètre de glace recouverte d'une neige molle et inégale. Devant : 42,2 kilomètres d'un horizon blanc, un ciel de brume qui avale un à un les coureurs qui me précèdent. La peau de mon visage rougeoie et ruisselle, fouettée par du vent cinglant et de la neige diagonale. Un collier de givre au bout des cils, je foule l'immensité sacrée, mon cœur est calme, mes muscles, aguerris. Un rêve. Un charme.

Pendant les prochaines heures, tout ce que je redoutais ici – le vertige de l'immensité, la panique des surfaces gelées, la perte de repères, le « blanc dehors » qui peut rendre fous les explorateurs et donner le mal de mer aux skieurs – va plutôt me procurer une grande sérénité, un souffle.

Au bout de cette traversée, je vais rentrer chez moi avec au ventre la grande force tranquille du Baïkal mais, pour l'instant, je pense à Anna, que j'ai froidement laissée couler dans l'écosystème du lac, prisonnière des glaces, chairs nettoyées jusqu'à la dernière bouchée par les amphipodes nécrophages et autres créatures aquatiques purificatrices des eaux. Je dépose les os frêles d'une femme fictive dans les profondeurs glacées et je me répète : « Je vais traverser ce lac. »

Remerciements

Merci à Antoine Tanguay et à Catherine Leroux, ainsi qu'à toute la famille Alto, qui font de chaque livre une traversée complice et enthousiaste. Merci à Daniel et à Isabelle pour les commentaires de lecture. Merci aux deux Julie et à Enora pour la richesse de nos conversations sur l'écriture, pour l'écoute dans nos combats parallèles avec nos doutes.
Merci à Sarah Bernard et à Véronique Desjardins pour la révision et la correction minutieuses de ces pages.
Merci à Jack El-Hai, auteur de *The Lobotomist*, ainsi qu'au documentaire PBS qui en découle, pour avoir fait dévier la trajectoire de mon roman.
Merci aux Russes qui m'ont accueillie chez eux à bras grands ouverts, en partageant le thé et les confidences.
Merci à toutes les personnes, proches ou moins proches, qui m'ont écrit pour me raconter le plus grand froid qu'elles ont vécu. Merci aux rencontres qui bouleversent nos vies.
Merci à la déconcertante rupture d'amitié qui m'a tant appris sur les liens entre les êtres (et pour les adeptes d'histoires qui finissent bien : après des années de silence, à la fin de l'écriture des *Grands Espaces*, nous avons su renouer et raccommoder l'étoffe d'une amitié déchirée).

Enfin, toute ma gratitude à ma précieuse garde rapprochée, des êtres d'exception qui m'accompagnent et m'encouragent et, surtout, me révèlent toute la beauté des liens tissés en tant qu'amoureuse, amie, mère.

J'écris ces mots à la fin du mois de juillet le plus chaud que la planète ait connu. Les eaux de mon lac ont viré au vert, en proie à une éclosion de cyanobactéries. Au nord, les forêts de Sibérie brûlent. À l'ouest aussi, des incendies. Au sud, des villes sont inondées. À l'est, le cardinal rouge chante toujours. J'entends l'urgence de son appel par la fenêtre ouverte sur le jardin.

Conception graphique et réalisation
Anne-Marie Bourgeois/m87design

Achevé d'imprimer
sur Roto-Page
par l'Imprimerie Floch
à Mayenne,
en novembre 2022

Dépôt légal
novembre 2022
Numéro d'imprimeur
101481

Édition n° 1

Imprimé en France